Impressum

© 2017   Gerd Becker

Paperback   978-3-7745-5844-3
Hardcover   978-3-7745-5845-0
e-book   978-3-7745-5846-7

Verlag   tredition GmbH, Hamburg

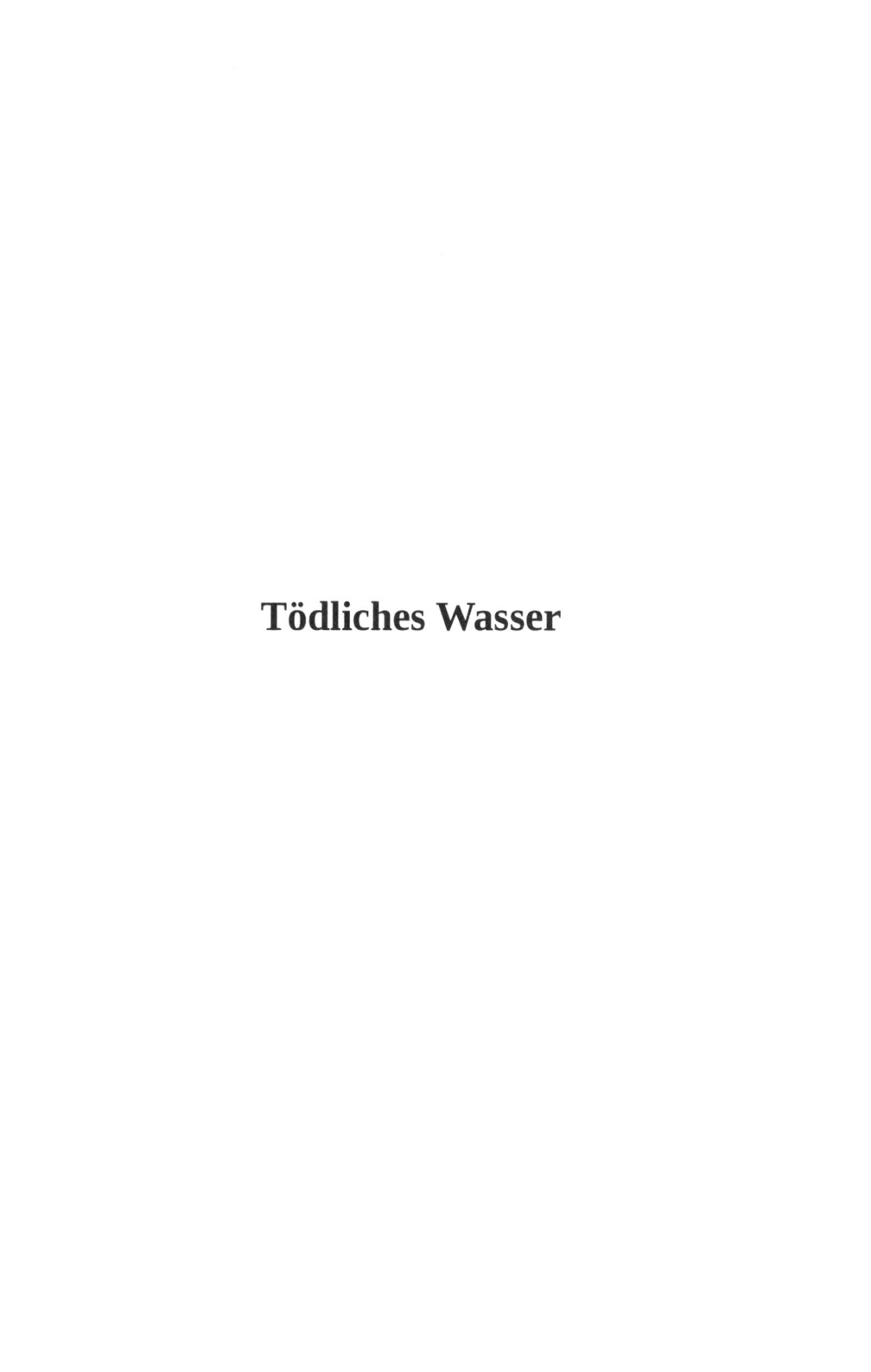

Tödliches Wasser

Dunkel ist die Nacht. Die Straßen der kleinen Stadt Utin sind menschenleer. Straßenlaternen leuchten sehr matt. Diese Nacht ist gemacht für Ganoven und Einbrecher.

Leise plätschern die Wellen des großen Sees der Stadt an die Ufer. Still ist es. Sehr still. Kein Mensch wandert oder fährt jetzt durch den großen Park, der an dem See liegt. Eine Holzbrücke verbindet zwei Ufer des großen Sees.

Der Weg, der über die Brücke führt, ist der Zuweg für die kleine Golfanlage, zum Tennisplatz, Fußballplatz und auch zum Freibad.

Im See treiben einige Dinge, die so da nicht hingehören. Es sind tote Tiere. Fische, Enten, Gänse. Auf der Seeseite, die beim Ruderverein ist, treibt ein größerer Gegenstand im Wasser. Es ist eine Leiche. Eine menschliche Leiche. Sie hat sich im Schilf verhakt.

*

Langsam dämmert es am Himmel. Ein neuer Tag erwacht. Es ist noch frisch. Das Leben in der kleinen Stadt Utin kommt schwer in Gang. Die ersten Fahrzeuge rauschen durch die Straßen. Es sind Personen auf den Weg zur Arbeit.

Durch den Park laufen die ersten Passanten. Es sind Leute, die ihre Hunde ausführen. Im Park ist für die Hunde Leinenpflicht. Doch in den frühen Morgenstunden hält sich keiner daran und läßt seinen Hund frei laufen.

4

Auch an den Wegen, die vom Park wegführen, laufen Personen mit Hunden. Radfahrer sausen an ihnen vorbei. Ein mittelgroßer Hund hat plötzlich eine Witterung aufgenommen. Eine Witterung, die er gestern noch nicht hatte. Der Sache muß der Hund genauer auf den Grund gehen. Dann hat er die Ursache gefunden. Seine Nase hat ihn direkt zur menschlichen Leiche geführt.

Der Hund beginnt lauthals an zu bellen. „Kira, hierher." ruft ihr Herrchen. Doch Kira reagiert nicht und bellt weiter. Sie ruft ihr Herrchen zu der Leiche. „Kira, hierher hab ich gesagt. Was bellst du denn so und kommst ..." Der Mann ist bei seiner Hündin angekommen und sieht nun die Leiche im Wasser. „Was ist das denn? Da liegt ja ein Mensch."

Kira möchte jetzt näher an die Leiche heran. „Nein, Kira, bleib hier. Nicht daran." Der Mann leint den Hund an. Dann holt er sein Handy aus der Tasche und wählt die Notruf-Nummer. „Polizei Notruf" hört er nach wenigen Minuten. „Guten Morgen, ich wollte eine Leiche im Wasser liegend melden. Mein Hund hat die Leiche gefunden." „Wie Leiche im Wasser? Wo denn?" „In Utin am großen See. In der Nähe des Rudervereins." „Ok, ich schicke einen Streifenwagen hin. Bleiben sie an der Stelle." „Ja. Ich bleibe hier."

Der Mann geht ein paar Meter von der Leiche weg. Kira folgt ihm. Wenn auch widerwillig.

Nach fünf Minuten erscheint ein Polizeiwagen. Der Mann mit dem Hund macht sich bemerkbar. „Hallo, hier sind wir." Die Beamten verlassen das Fahrzeug und begeben sich zu dem Mann.

„Sie haben beim Notruf angerufen und eine Leiche gemeldet?"
„Ja. Das habe ich. Ich bin heute morgen, wie jeden Tag mit meinem Hund hier entlang, damit sich der Hund entleeren kann. Und da hat Kira plötzlich die Leiche hier im Schilf entdeckt."

Die Männer gehen zu der Stelle an der die Leiche im Wasser treibt. „Oh, die liegt ja gut da. Die müssen wir denn mal an Land ziehen." Der zweite Beamte sagt „Ich hole mal was zum Absperren der Fundstelle." und geht zum Fahrzeug. „Ja. Und ruf gleich nach der KTU." antwortet sein Kollege. Dann wendet er sich dem Mann mit Kira zu.

„Ich muß jetzt mal ihre Personalien aufnehmen. Nur für's Protokoll. Wie heißen sie und wo wohnen sie?" „Ich bin Hans Gudegast und wohne Am Berg 5. Hier in Utin." Der Beamte notiert sich die Angaben. „Wann haben sie bzw. ihr Hund die Leiche gefunden? So ungefähr?" „Vor einer halben Stunde. Ich schaue doch nicht immer auf die Uhr."

Der Beamte schaut auf seine Armbanduhr. „Es ist jetzt 6 Uhr 40. Dann war es um 6 Uhr 10." Der Beamte notiert sich die Zeit. In der Zwischenzeit wurde die Fundstelle weiträumig abgesperrt. „Die Kollegen sind am anrollen." sagt der zweite Beamte.

„Gut, Herr Gudegast, dann haben wir jetzt erstmal alles. Danke, das sie es gleich gemeldet haben. Sie können dann ihren Weg weitergehen." Herr Gudegast nimmt seine Kira und entfernt sich von der Fundstelle.

„Der Tag fängt ja gut an. Mit einer Leiche im Wasser. Was sagt die KTU?" „Ist auf dem Weg." Von einer anderen Seite kommt „Ne, ist schon da. Was haben wir denn?" „Eine Leiche im Wasser."

Die Beamten schauen sich die tote Person an. Eine weibliche Person nähert sich der Stelle. Es ist die Ärztin der Polizei. „Na, dann laßt mich mal an die Leiche." Die Ärztin kniet neben der Leiche nieder und beginnt mit der Untersuchung.

Ein Mann im Rollstuhl steht etwas Abseits des Geschehens. Bei ihm ist eine junge Frau. „Karin, was mag da geschehen sein? Können wir das heraus bekommen?" „Klar, Chef. Soll ich mal rüber gehen und schauen?" „Nein, das machen wir anders. Wir gehen gemeinsam dort rüber und erst einmal langsam vorbei."

Karin schiebt den Mann langsam an der Fundstelle vorbei. „Guten Morgen." grüßt der Mann. Einige Polizisten grüßen zurück. Dann sind die beiden an der Fundstelle vorbei. Sie kehren um und begeben sich zu ihrem Auto.

In der Stadtbucht haben Leute die toten Tiere im Wasser treibend gefunden. Auch hier wurde sofort die Polizei gerufen. Polizeiboote fahren in der Stadtbucht und fischen die toten Tiere heraus. „Müssen wir die noch untersuchen?" „Ja, die toten Tiere müssen untersucht werden. Es muß ja geklärt werden, woran sie verendet sind."

Auf der Polizeistation ist seit den Funden der Toten emsiges Treiben. „Wer tötet denn frei lebende Tiere? Und wer hat den Mann auf dem Gewissen?" „Das sind gute Fragen. Und wer kann dazu Auskunft geben?" „Die Pathologie müßte das doch

7

raus bekommen." „Die kann uns sagen, woran und wie und zu welcher Zeit der Tod eingetreten ist. Aber sie kann uns nicht sagen, wer es getan hat."

„Wir haben also eine Leiche im Wasser des Sees und tote Tiere. Auch im See. Folglich muß es mit dem See etwas zu tun haben." „Wer sagt denn, daß die beiden Fälle etwas gemeinsam haben." „Beide Fälle sind Leichen vorhanden. Und beide sind an dem See."

*

Helga wohnt in einem Hochhaus. Es ist ein warmer Tag. Helga kocht sich einen frischen Kaffee. Sie ahnt nicht, daß das Wasser in der Wasserleitung gefährlich ist. Es wurde ja auch keine Warnung dafür gegeben.

Der Kaffee ist frisch aufgebrüht. Es klingelt an der Tür. Helga geht hin um zu schauen, wer es ist. Sie öffnet die Tür und vor ihr steht Sigrid, ihre Nachbarin. „Hallo Helga, ist dir auch so warm? Also heute scheint es wirklich ein heißer Tag zu werden." „Sigrid, ja heute ist es mächtig warm. Ich habe mir gerade Kaffee gemacht. Trinkst ein Tässchen mit?" „Da sag ich nicht nein. Aber ist Kaffee bei der Hitze nicht zu warm?" „I wo, warme oder heiße Getränke sind gerade richtig. Die löschen den Durst besser als kalte."

Die beiden Frauen setzen sich in die Küche an den Tisch und genießen den Kaffee. „Helga, heute morgen haben die am See einen Toten gefunden. Und in der Stadtbucht noch tote Tiere. Enten, Blesshühner, Schwäne. Schrecklich ist das. Wo die wohl dran krepiert sind." „Pfui deibel, wer macht denn so etwas?"

8

„Das magst sagen. Ob die beiden Fälle zusammenhängen?"
„Wo wurde denn die menschliche Leiche gefunden?" „In der
Nähe des Rudervereins." „Und die toten Tiere in der Stadt-
bucht. Das kann nicht zusammenhängen. Die Orte sind zu weit
von einander entfernt." „Meinst das?" „Was ist denn die
Todesursache?"

„Das weiß ich nicht. Bin ja nicht bei der Polizei." „Na, ob die
das raus kriegen?" „Bestimmt. Wer soll es denn sonst herausbekommen?"

Die Frauen schlürfen ihren Kaffee und denken über die neue
Tat in der Stadt nach. Ja, wer soll herausbekommen, was die
Todesursache ist, wenn die Polizei es nicht kann? Das ist eine
gute Frage?

Plötzlich schlägt Helga mit der Hand auf den Tisch. Vor
Schreck verschüttet Sigrid ihren Kaffee auf ihren neuen Rock.
„Mensch, Helga, hast du sie noch alle? Mich so zu
erschrecken?" Helga ist aufgestanden und geht in ihr
Wohnzimmer. Dort setzt sie sich an ihren Sekretär, öffnet ihn
und sucht eine kurze Notiz.

Sigrid kommt langsam ins Wohnzimmer und putzt an ihrem
neuen Rock. „Der schöne Rock. Gestern neu gekauft und jetzt
schon ein Kaffeefleck." Sie sieht ihre Nachbarin emsig im
Sekretär suchen. „Was suchst du denn, Helga?" „Ich habe hier
doch einen Notizzettel reingelegt mit einer Telefonnummer. Wo
ist der denn jetzt?"

Sigrid kommt näher an den Sekretär heran. „Was denn für eine
Telefonnummer?" Sie sieht auf dem Fußboden einen Zettel lie-

gen. Direkt neben dem Sekretär. Sie beugt sich herunter um den Zettel aufzuheben. Als sie ihn in der Hand hält, schaut sie, was darauf steht. „Hier steht auch eine Telefonnummer drauf. Ist das der Zettel, den du suchst?" „Was steht denn vor der Nummer?" „Ermittlungen aller Art."

Helga dreht sich um, nimmt Sigrid den Zettel aus der Hand. „Wo hast du ihn denn her?" „Von da." Sigrid zeigt auf den Boden. Helga schaut zu dem Finger,der Richtung Fußboden zeigt. „Sorry, Sigrid, ich bin wohl etwas zu hart." „Ja, hart, aber herzlich."

Die beiden Frauen gehen wieder in die Küche. „Was willst du denn jetzt machen? Doch nicht etwa die Telefonnummer anrufen?" „Doch, genau das. Wenn die Polizei es nicht klären kann, dann müssen es eben andere tun." „Es steht doch noch nicht fest, daß die Polizei es nicht kann." „Ich ruf doch nicht heute an. Damit warte ich noch. Vielleicht klärt die Polizei es ja doch auf."

„Sag mal, Helga, hast du noch Kaffee?" „Ja, zum Trinken. Nicht verschütten." Helga gibt ihrer Nachbarin noch eine Tasse Kaffee.

*

Auf der Polizeistation klingelt heute häufig das Telefon. Die Beamten und die KTU fahren jedesmal zusammen zu den Fund-stellen. Denn immer mehr Todesfälle werden gemeldet. Und jedesmal ist keine Fremdeinwirkung sichtbar.

Kommissar Keller setzt sich ratlos in seinen Bürostuhl. Dann greift er zum Telefonhörer, wählt die Nummer der Pathologie. „Ja, hier die Path." „Na, gibt es schon nähere Erkenntnisse bei der Leiche heute morgen?" „Ah, Keller, der Neugierige. Tja, also das ist seltsam. Von außen ist nichts zu finden. Und innere Verletzungen sind auch keine zu finden. Das Herz war kräftig. Die Lunge ebenso. Keine Spuren in den Speiseröhren. Blut ist in Ordnung. Also rätselhaft ist das schon. Aber ich bin noch nicht ganz fertig mit den Untersuchungen." „Das hört sich nicht gut an. Wann werden sie denn fertig sein mit den Untersuchungen?" „Kommt drauf an, wie oft sie mich stören." Kommissar Keller legt den Hörer wieder auf.

Die Tür seines Büros geht auf. Ein Mann im guten Alter im Rollstuhl sitzend erscheint. Kommissar Keller schaut auf und erkennt sofort den Ankömmling. „Guten Morgen, Roy. Wie geht's?" „Moin, Keller. Ja, wie soll es einem gehen, wenn er mit einem Rollstuhl unterwegs ist." „Als wenn du etwas zu nörgeln hättest. Was führt dich zu mir? Wir haben viel zu tun. Heute morgen wurden einige Leichen gefunden. Sowohl menschliche als auch tierische. Und die Path. Findet keine Anhaltspunkte."

Der Mann im Rollstuhl schaut den Kommissar an. „Wo wurden die Leichen gefunden?" „Am großen See. Die menschliche lag etwas im Schilf und die tierischen in der Stadtbucht." Roy überlegt. >Beide Fälle im Wasser. Also muß doch irgendetwas mit dem Wasser nicht stimmen.< „Die Organe sind auch unversehrt. Keine Schlagstellen. Würgemale. Nichts. Das macht mich wahnsinnig." „Das Telefon brauche ich mal." „Wen willst du anrufen?" „Die Klappsmühle. Einen wahnsinnigen Kommissar abholen lassen."

Kommissar Keller schaut den Mann im Rollstuhl an. „Wenn du nicht im Rollstuhl ...“ „Ach, das ist ein Hinderungsgrund? Der Rollstuhl. Ich habe mir das nicht ausgesucht.“ „Das weiß ich. Sorry. Aber es gibt einfach keinen Anhaltspunkt.“

Roy überlegt. „Was da gegen, wenn wir die Fälle gemeinsam bearbeiten?“ Keller dreht sich abrupt um und schaut Roy an. „Gemeinsam? Und wer heimst die Lorbeeren ein?“ „Die kannst du gern haben. Dafür kann ich mir nichts kaufen.“ „Wie willst du das überhaupt machen? Mit dem Rollstuhl?“

„Ach, der hilft mir schon beim fortbewegen. Ich bin ja nicht allein.“ „So, der Herr ist nicht allein. Ja, wie viele Leute sind denn hier beschäftigt?“ Roy verläßt das Büro.

Er fährt den Flur entlang. Schaut sich die Schilder auf den Fluren an. Dann die große Tafel an der Wand. >Aha, Pathologie ist im Keller. Da stört sie auch nicht. Der nächste Lift ist – ah, hier.< Roy fährt zu dem Lift und besteigt ihn. Dann geht es abwärts in den Keller.

Im Kellergeschoß verläßt Roy den Lift und fährt direkt zu den Räumen der Pathologie-Ärztin. Er öffnet eine Tür und landet in dem Raum, wo Leichen obduziert werden.

An einem der Tische steht die Ärztin und untersucht eine Leiche. „Schön haben sie das hier. Große Räume. Viel Platz. Moderne Geräte.“ Die Ärztin Sandra unterbricht ihre Arbeit und schaut zu dem Ankömmling.

„Wie kommen sie denn hier rein?“ „Na, wie jeder vernünftige Mensch durch die Tür.“ „Wer sind sie überhaupt? Und was wollen sie?" „Also, ich bin Roy und freue mich über einige Infos. Ich bin gehbehindert und arbeite daher mit einem Team."

„Guten Tag, ich bin Dr. Sandra Lanz. Die Chefin hier unten. Also Infos wollen sie. Die Leiche von heute morgen ist männlich. 175 cm groß. Äußerliche Gewaltspuren liegen nicht vor. Innerliche Verletzungen von Organen auch nicht. Die Speiseröhre weist ebenfalls nichts auf. Es ist also wirklich ein großes Rätsel."

Roy ist an den Schreibtisch von Dr. Lanz gerollt. Hier schaut er sich einige Fotos an, die die Ärztin gemacht hat. „Ja, also das Herz und die Lunge ist unversehrt. Haben sie auch ein Foto von dem Magen der Leiche?" „Vom Magen? Wollen sie jetzt wissen, was er gegessen und getrunken hat?" „Zum Beispiel." „Nein, den Magen habe ich noch nicht untersucht. Haben sie etwa eine Vermutung?" „Nein, nur Herz, Lunge, Niere und Leber sind fotografiert. Der Magen nicht."

Dr. Sandra schaut den Mann im Rollstuhl an. „Haben sie medizinische Kenntnisse? Hat man selten, daß Ermittler auch Medizin studiert haben." „Studiert direkt nicht. War nur mal kurz in einem Studium für Tierheilpraktiker." „Ah, daher die Kenntnisse. Und ich denke mal, durch das Handicap auch." „Stimmt." „Nein, den Magen habe ich noch nicht fotografiert. Kann ich aber noch machen. Ist es denn wichtig?" „Alles ist wichtig in diesen Fällen." „Also Tiere obduziere ich nicht." „Im Normalfall. Aber hier liegt ein Sonderfall vor. Es könnte sein, daß Parallelen vorliegen." „Sagt das jetzt der Ermittler oder der Mediziner?" „Weder noch, das sagt mir mein Bauchgefühl." „Oh, noch eine Neuigkeit. Hier arbeitet jemand mit Bauchgefühl.

Das ist wirklich selten bei Kriminalisten." „Aber mitunter von Nöten." „Also, dafür das sie hier neu herein kommen, gefallen sie mir bereits." „Danke, für die Blumen. Aber Frau Dr. sieht auch nicht schlecht aus." „Danke. Lassen wir den Dr. weg. Bin Sandra." „Und ich Roy." „Ok. Den Magen fotografier ich denn noch. Irgendetwas, worauf ich speziell achten sollte?" „Auf Veränderungen und Inhalt. Auch bei den Tieren. "

Nach diesem Gespräch verläßt der Mann mit dem Rollstuhl die Pathologie. Dr. Lanz ist überrascht und begeistert von dem Mann. >Der weiß, was er will. Ist ganz anders als Kommissar Keller.<

Roy verläßt das ganze Gebäude und begibt sich zu seinem Fahrzeug. Auf Knopfdruck öffnen sich die Hecktüren. Ein weiterer Knopfdruck und die Hebebühne wird herausgeklappt. Dann fährt er mit dem Rolli auf die Hebebühne und wird dann ins Auto befördert. Danach schließt er die Hecktüren und setzt sich auf den Fahrersitz.

Vom Kellerfenster wird er beobachtet. >Der macht tatsächlich alles allein.< bewundert ihn Dr. Lanz.

*

Bauer Martens fährt zu seiner Weide, auf der er sein Jungvieh laufen hat. Er fährt täglich dorthin. Es ist ihm schon passiert, daß ein Tier krank auf der Weide lag. Dann kontrolliert er auch den dort stehenden Wasserwagen.

Von weitem kann er schon sehen, daß die Tiere stehen und fressen. Also scheint es mit den Tieren in Ordnung zu sein. Am

14

Weidezaun stellt er sein Fahrrad ab. Ein prüfender Blick entlang des Zaunes. Alles in Ordnung. Keine Schäden vorhanden. Dann geht er auf die Weide.

Einige Jungtiere schauen auf und kommen ihm entgegen. Er begrüßt sein Jungvieh und schlendert zum Wasserwagen. Der steht noch wie er ihn hingestellt hat. Dann klopft er an die Tonne um zu hören, wie leer sie ist. Das Ergebnis ist folgendermaßen, die Töne klingen hohl. Also muß er ihn heute noch holen und neu befüllen.

Martens geht zu seinem Fahrrad zurück und fährt dann nach Hause. >Da haben die Tiere ja gut getrunken.< denkt er. >Na, dann werde ich nach dem 2. Frühstück mal den Wasserwagen holen und auffüllen. Die Tiere brauchen Wasser. Es soll ja wieder heiß werden.<

Auf dem Hof angekommen stellt er das Fahrrad in die Wagenremiese. Dann begibt er sich ins Haus und geht in die Küche. „Morgen, Schatz, das Frühstück fertig? Ich war eben auf der Weide beim Jungvieh. Die Tiere sind in Ordnung und der Zaun auch. Der Wasserwagen ist fast leer. Den muß ich nachher mal holen und auffüllen." Guten Morgen, mein Lieber. Das Frühstück ist bereits seit 15 Minuten fertig. Der Kaffee ist heute per Hand aufgebrüht. Die Kaffeemaschine ist wieder kaputt."

Die beiden setzen sich an ihren Frühstückstisch. Martens nimmt den ersten Schluck Kaffee. Probiert ihn richtig und sagt dann „Die Kaffeemaschine kommt vom Hof. Handaufgebrüht schmeckt der Kaffee besser." „Geht aber nicht so schnell wie mit einer Kaffeemaschine." „Doch. Wenn man es richtig macht."

Nach dem Frühstück zieht Martens seine Arbeitskleidung an und geht zum Trecker. Er will den Wasserwagen holen.

Martens und seine Frau wissen nicht, daß das Leitungswasser verunreinigt ist. Sie spüren auch nichts im Körper. Doch das Wasser, was zum Kaffee kochen genommen wurde, ist nicht mehr ganz sauber. Auch abkochen hilft nicht. Es sind ja keine Bakterien, was das Wasser verunreinigt.

Bauer Martens fährt zur Weide um den Wasserwagen zu holen. Seine Frau beginnt mit ihrer Hausarbeit. Alles ist so wie immer. Nichts ist verändert.

Auf dem Weg zur Weide bemerkt Bauer Martens eine Frau, die langsam geht. Hin und wieder krümmt sie sich. Martens hält seinen Trecker neben der Frau an. „Guten Morgen, was haben sie? Kann ich ihnen helfen?" Die Frau hört die Worte. „Ich muß in die Stadt. Aber das schaffe ich wohl nicht. Irgendetwas ist mit meinem Bauch."

Martens springt vom Trecker, stützt die Frau. „Doch zur Stadt kommen sie. Ich fahr sie mit dem Trecker hin. Der ist ja schon hier. Kommen sie langsam hoch und auf den rechten Sitz." Er hilft der Frau auf seinen Trecker. Dann steigt er selber wieder auf und fährt so schnell er kann zur Stadt.

Die Schranke zur Notaufnahme ist unten. Martens fährt einen kleinen Schlenker links um die Schranke und rauscht weiter bis zur Notaufnahme.

Eine Krankenschwester kommt heraus „Was ist denn hier los? Kommen die Patienten schon per Trecker?" „Heute ja. Ich habe die Frau auf der Straße aufgegabelt. Sie krümmt sich immer wieder." „Da hätten sie einen Krankenwagen rufen müssen." „Sabbel hier nicht rum. Pack lieber an und bring die Frau zum Notarzt." herrscht Martens die Schwester an. „Krankenwagen rufen. Wann wäre der denn da? He? Die Frau ist jetzt schon hier. Mit dem Krankenwagen erst in 15 Minuten."

Der Notarzt Dr. Block kommt heraus. „Nun mal ruhig. Leute. Ist doch alles gut. Was liegt an?" „Die Frau wurde mit dem Trecker hergebracht." sagt die Schwester. „Das sehe ich. Was hat sie?" Martens sagt „Ich habe sie auf der Straße gefunden. Sie krümmt sich immer beim gehen. Da habe ich ..." „Das war auch richtig von ihnen. Aber was die Frau genauer hat wissen sie nicht." „Nein. Ich habe sie nur schnell hergebracht, bevor sie an der Straße liegenblieb."

Dr. Block gibt dem Personal Anweisungen „Die Frau sofort zum Röntgen. Wir müssen heraus bekommen, warum sie sich immer krümmt." Zu Bauer Martens sagt er „Sind sie mit ihr verwandt?" „Nein. Aber sie wohnt in Issau. Straße kann ich nicht sagen." „Na, vielleicht kann die Frau das nachher selber erledigen. Gute Heimfahrt." Martens steigt wieder auf seinen Trecker und fährt jetzt wirklich zu seiner Weide mit dem Jungvieh.

Die eingelieferte Frau wird im Röntgenraum für die Aufnahmen vorbereitet. Die Ärztin, die die Aufnahmen machen muß, legt die Frau auf den vorhandenen Tisch. Der Bauch wird frei gelegt. Dann begibt sich die Ärztin in den Nebenraum. Es dauert nicht lange und die Aufnahmen sind fertig.

Die Ärztin hilft der Frau vom Tisch und begleitet sie in den Warteraum. „Sie müssen hier warten. Der Arzt wird sie dann holen." Dann geht sie und bringt die Aufnahmen zu Dr. Block. Dieser schaut sich die Aufnahmen an. Er kann auf den ersten Blick nichts erkennen und legt die Aufnahmen kurz beiseite.

>Komisch, die Frau krümmt sich, als wenn sie heftige Schmerzen hat, aber zu erkennen ist nichts bei den Aufnahmen. Ich muß mir die Bilder gleich noch einmal anschauen.< Er lenkt sich kurz mit Schreibkram ab. Dann greift er sich noch einmal die Röntgenaufnahmen. Eindringlich mustert er die Abbildungen. Dann wird er stutzig. >Was ist denn beim Magen der Frau? Das ist doch sehr verdächtigt.<

Dr. Block geht zu der Frau im Warteraum. „So, Frau Feddersen, kommen sie mit in den Nebenraum." Er bringt Frau Feddersen in den Untersuchungsraum. „Also, die Röntgenbilder haben mir an ihrem Magen etwas Verdächtiges gezeigt. Das muß ich mal genauer ansehen. Ich werde ihnen eine kleine Kamera einführen, um den Magen genau zu sehen."

Dr. Block und Frau Feddersen erreichen den Raum zur Untersu-chung. Nach dem Frau Feddersen ihren Oberkörper entblößt hat, legt sie sich auf den Untersuchungstisch. Dr.. Block kommt mit einem Endoskop. „Dann wollen wir mal der Sache auf den Grund gehen. Bitte den Mund weit öffnen." Frau Feddersen öffnet ihren Mund und die Untersuchung beginnt.

„Was ist denn das?" kommt es von Dr. Block. >Der Magen hat ja etwas intus, was ihn von innen zerstört.< Dr. Block führt das Endoskop weiter in den Magen. Und sieht etwas horrormäßiges. Die gesamte Magenhaut ist mit einer Substanz behaftet, die den Magen von innen nach außen zerstört.

Langsam zieht er das Gerät wieder aus der Frau. >Wie kann man so etwas bekämpfen? Das habe ich noch nie gesehen.< überlegt er. Frau Feddersen kommt wieder zu sich. „Nun, Herr Doktor? Was habe ich?" fragt sie.

Dr. Block schaut die Frau auf dem Tisch an. „Ja, wie soll ich ihnen das erklären?" „Frei heraus Herr Doktor. Ist es etwas schlimmes?" „Was ich in ihrem Magen gesehen habe, ist wirklich schrecklich. Was haben sie in letzter Zeit zu sich genommen? Gegessen und getrunken? Das heißt mehr getrunken. Denn Essensreste sind nicht zu sehen." „Ich habe in den letzten Stun-den nur Wasser getrunken. Leitungswasser."

Dr. Block überlegt. Sie hat nur Leitungswasser getrunken.
Dann sucht er ein Telefon. Wählt eine Nummer und sagt dann „Hier Dr. Block. Ab sofort dürfen unsere Patienten nicht mit Leitungs-wasser in Berührung kommen. Erst Recht nicht trinken. Die Stadt muß das Wasser untersuchen. Es scheint verunreinigt zu sein."

Dann geht er in das Büro des Notarztes. Den Schwestern teilt er noch mit „Frau Feddersen kommt auf die Intensiv." Vom Büro aus führt er weitere Telefonate. Unter anderem mit den Stadtwerken wegen den Wasserleitungen. Die Stadtwerke geben unverzüglich eine Warnmeldung an die Stadtverwaltung und die Medien durch.

*

Der Chef ist in seinem Büro. Er hat das Radio an. So bekommt er die neuesten Nachrichten immer gleich mit. Auch die jetzige Warnung betreffend des Leitungswassers.

Die Tür seines Büros wird stürmisch geöffnet und seine Mitarbeiterin Karin erscheint aufgeregt. „Na Karin, was gibt's? Aber erst einmal Luft holen und tiieef durchatmen." „Chef, laß die Witze. Eben kam im Radio ..." „Ich hab's gehört. Lausch mal, schöne Musik nicht." „Aber ..." „Karin, da kam eben eine Warn-meldung betreffend der Wasserversorgung durch. Ich weiß. Würde schon mal ein kleiner Hinweis wegen der Todesfälle von heute morgen sein."

Karin ist erstaunt. Da kommt eine Warnmeldung durch das Radio und ihr Chef folgert gleich Zusammenhänge. Dann fällt ihr ein „Ehm, Chef, da ist noch ein Herr draußen. Er fragt, ob er hier einen Job bekommen kann." „Ja, warum sagst du das jetzt erst? Schick ihn rein und wenn du dich beruhigt hast, könnte ein Kaffee nicht schaden." „K Kaffee? Aber das Leitungswasser ..." „Karin, wir haben eine große Wasserbombe im Vorraum. Das Wasser kann man auch für Kaffee verwenden." Karin verläßt das Büro und schickt den Jobsucher hinein.

„Guten Tag." sagt der Jobsucher. „Moin. Sie suchen also einen Job. Was haben sie denn gelernt?" „Ich habe drei Jahre in einem Sicherheitsdienst gearbeitet. Dann wurde das Unternehmen aufgelöst." „Aha, wie ich feststelle, beantworten sie keine Fragen.

Ich habe sie nicht gefragt, wo sie gearbeitet haben, sondern was sie gelernt haben." „Ich habe doch eben erzählt..." „Das sie im Sicherheitsdienst gearbeitet haben. Das habe ich gehört. Aber nicht was sie gelernt haben. Man muß hier schon genau auf die Fragen achten und auch beantworten."

Der Jobsucher schaut betroffen vor sich hin. Dann dreht er sich um und will wieder gehen. „Was ist denn nun los? Vom Wegtreten war keine Rede." „Aber ich dachte …" „Oh, jetzt wird es interessant. Der Herr hat gedacht."

Der Jobsucher schaut nun irritiert. „So, jetzt setzen sie sich erstmal auf den Stuhl da. Denn zum Sitzen sind die Dinger gemacht." Der Jobsucher setzt sich auf den Stuhl,auf den Roy gezeigt hat.

Karin betritt das Zimmer und bringt zwei große Tassen Kaffee. „Danke Karin. Bleib mal hier. Der Herr hat eben gedacht." Karin schaut ihren Chef an. „Und? Was ist so schlimm daran?" „Das ich das Ergebnis des Denkens noch nicht kenne." Nun schauen beide den Jobsucher an.

„Was haben sie denn gedacht? Herr Lukas." „Wie du kennst ihn, Karin?" „Ja. Hat sich ja vorgestellt. Und in der Akte steht der Name auch." Roy schaut sich die Akte auf seinem Tisch an. Klappt sie auf und beginnt zu lesen.

Lukas Reuter, 29 Jahre, aus Bayern. Gelernter Kfz-Mechaniker. Absolvierte einen Sicher-heitsdienst-Lehrgang in München. Hat beim Sicherheitsdienst BID gearbeitet.

„Na, also, hier steht es ja: gelernter Kfz-Mechaniker. Warum haben sie dann einen Sicherheitsdienst-Lehrgang besucht? Gab es in Bayern keine Autos mehr?" „Doch, Autos gibt es dort genug. Nur Arbeitsplätze für Kfz-Mechaniker nicht. Und immer nur Autos schrauben – ist auf die Dauer auch langweilig. Zu dem alles elektronisiert wird." „Tja, die gute alte deutsche Handarbeit zählt nicht mehr. So, und jetzt wollen sie bei uns anfangen, wie? Was meinst du, Karin, hat er eine Chance?" „Verdient auf alle Fälle, Chef." „Na, dann hol mal die Gläser."

Karin verläßt das Zimmer um die Gläser und den Sekt zu holen. Lukas fragt den Chef „Dann bin ich eingestellt?" „Sie haben ja die Meinung von Karin gehört. Und Verstärkung können wir gebrauchen. Jetzt, wo wir einen äußerst eigenartigen Fall am Haken haben."

Lukas ist aufgefallen, daß sein neuer Chef sich nicht vom Sitz bewegt hat. Fragen mag er auch nicht. Karin kommt mit einem Tablett herein. Auf dem Tablett stehen drei Gläser und eine Flasche Sekt. Jetzt kommt Roy hinter seinem Schreibtisch hervor. Lukas schluckt erschrocken. Sein neuer Chef sitzt im Rollstuhl.

Roy bemerkt den erschrockenen Gesichtsausdruck. „Ja, ich sitze im Rollstuhl. Aber mit mir anlegen sollte sich keiner." „Ich wollte mich auch nicht mit ihnen anlegen. Dann denke ich, der Außendienst wird von gehfähigen Kollegen erledigt." „Falsch gedacht. Ich bin auch draußen tätig. Nur das läuferische verfolgen von Flüchtigen – daß müssen andere übernehmen." „Unterschätzen sie unseren Chef nicht, Lukas. Er ist zäher als mancher glaubt."

Die drei stoßen auf den Neuzugang an. „Es ist gut, wenn man jemanden bei sich hat, der sich mit Kfz auskennt. Ohne Elektronik." „Sorry, aber schnell werden sie mit dem wohl nicht." „Oh, oh, der kann ganz schön schnell werden, wenn er die Hebel einsetzt." Lukas wird jetzt stutzig. Hebel? Roy klappt die Hebel am Rollstuhl hoch. Bis jetzt hatte er sie runtergeklappt.

„Ja, Lukas, mit den Hebeln bekomme ich den Rollstuhl auf ca. 10 km/h. Kann draußen fast überall fahren, sofern keine Treppen oder Stufen vorhanden sind." „Und Auto fährt er auch selbst." Lukas staunt jetzt über seinen neuen Chef. Das hat er von ihm nicht gedacht.

Das Telefon klingelt. Karin springt schnell zum Tisch und nimmt ab „Büro der Ermittlungen." meldet sie sich. Dann erfährt sie, daß sich die Zahl der seltsamen Todesfälle erhöht hat. „Chef, es geht um die neuen Todesfälle." Roy rollt zum Schreibtisch und übernimmt das Telefon.

Karin und Lukas wollen das Büro verlassen, als ein Wurfgeschoß sie zurück scheucht. Dann hören sie ihren Chef. „Ihr müßt nicht fliehen. Es gibt Arbeit. Wieder neue Todesfälle. Diesmal mitten op Land." „Sollen wir mit dem kleinen Wagen fahren?" „Nö, wir fahren alle zusammen. Kann Lukas gleich alles richtig kennenlernen."

Die drei verlassen das Büro. Karin holt ihre Handtasche und etwas zu schreiben. Dann geht es weiter. Lukas sieht wie sein Chef mit dem Rollstuhl vor ihnen her fährt. Dann kommt eine Tür, die sich nicht automatisch öffnet. Lukas springt vor und öffnet die Tür. Roy und Karin passieren und setzen ihren Weg fort.

Dann erreichen sie den Opel des Chefs. Lukas möchte die Tür öffnen. Doch Roy betätigt nur ein kleines Gerät und die Hecktüren gehen auf. Ein weiterer Knopfdruck und die Hebebühne

23

fährt heraus. Lukas ist überrascht. Der Chef fährt auf die Hebebühne und ist sofort im Fahrzeug. Die Hebebühne kehrt zum
Ausgangspunkt zurück und die Hecktüren schließen sich.

„Wo steigen wir denn ein?" fragt Lukas. „Sie sitzen hinten und
ich neben dem Chef." Karin öffnet die Schiebetür für Lukas
und steigt selbst vorne ein. Lukas steigt ein, schließt die Tür
und setzt sich auf einen freien Sitz.

„Chef, wo fahren wir hin? Ich meine Ortschaft." Roy grinst.
Dann sagt er „Hast dir schon meine Redensart angewöhnt? Wir
fahren etwas weiter aus der Stadt. Der Ort ist Maldente. Dort
sind wieder einige Tiere exitus." „Wie Chef, wir bearbeiten
auch Todesfälle von Tieren? Ist das nicht Sache des
Veterinäramtes?" „Unter normalen Umständen – ja. Aber hier
handelt es sich um unnormale Umstände. Hat die Pathologie
sich gemeldet?" „Nein, hat sie nicht. Könnte ja sein, die Ärztin
ist auch dort."

Der Wagen verläßt die kleine Stadt in Richtung Maldente. Die
Fahrt dauert nicht lange. Innerhalb einer dreiviertel Stunde ist
das Team am Fundort.

Lukas springt aus dem Kleinbus und will die Hecktüren
öffnen. „Finger weg von den Türen." hört er hinter sich. Der
Chef kommt schon. „Ich wollte doch nur ..." „Wenn er Hilfe
braucht, sagt er es. Komm wir gehen schon mal vor."
„Wohin?" Auf die Frage antwortet das Mädchen nicht. Sie geht
schnellen Schrittes voran. Die beiden sind gerade 15 Meter
gegangen, da rauscht der Chef an ihnen vorbei. Lukas schaut
verwundert.

„Nicht wundern, vorwärts marschieren. Sind aber gleich da."
Jetzt grinst Karin. >Das ist mein Chef.< denkt sie. Nach wenigen Metern erreichen sie die Stelle mit den toten Tieren. Es
sind Pferde. „Wann ist es passiert? Und wo kommen die Tiere
her?" fragt der Chef kurz. „Ah, Sandra. Auch hier, obwohl es
sich um tote Tiere handelt." „Ja, Roy, bin auch hier. Denke es
ist das selbe wie heute morgen am See." „Oh, jetzt wird's
gefährlich. Die Frau denkt." sagt der Chef und grinst. „Aber,
das vermute ich auch."

Karin und Lukas sehen sich die toten Tiere an. „Warum sind
wir hier? Das sind doch Tiere." „Ja, tote Tiere. Heute morgen
hatten wir schon einmal tote Tiere. Es scheint einen
Zusammenhang zu geben."

Lukas geht dichter an ein Tier heran. Zieht dem Tier die Lefzen
hoch und tastet mit einem Finger. Roy beobachtet ihn. Karin
geht von Tier zu Tier. „Wem gehören die Tiere?" fragt sie.

Ein breitschultriger Mann kommt aus der Reihe der herumste-
henden Menschen. „Es sind meine Tiere. Sie waren im Stall.
Kurz bevor ich sie herausbrachte, haben sie noch getrunken.
Und jetzt …" Der Mann beginnt zu weinen. „Wie sollen jetzt
meine Gäste reiten?" „Das kann ich ihnen auch nicht sagen."
sagt Roy. „Würden sie eins der Tiere in die Pathologie zu Dr.
Sandra bringen? Wir müssen untersuchen, ob es identisch mit
den Fällen von heute morgen ist." Der breitschultrige Mann
nickt nur.

„Sind auch Menschen irgendwie betroffen? Haben vielleicht
Leitungswasser getrunken?" „Die Pferde haben im Stall
Selbsttränken in den Boxen." sagt der Eigentümer der Pferde.

„Von unseren Gästen habe ich noch keine gesundheitliche Beschwerden gehört." sagt er weiter. „Gut. Sobald sich einer meldet, bitte sofort ins Krankenhaus schicken. Die sollen Röntgenaufnahmen machen und zur Pathologie schicken." Wieder nickt der Eigentümer der Pferde nur.

Lukas hat sich in der Zeit einige tote Pferde angesehen. Sie scheinen alle das gleiche zu haben. Bei einem der Pferde sieht er noch Wassertropfen. Er holt ein kleines Röhrchen aus der Jak-kentasche und fängt damit den Wassertropfen ab.

Karin sieht, was ihr neuer Kollege macht. „Was machst du denn da, Lukas?" „Ich habe etwas Wasser vom Pferd gesichert. Das muß untersucht werden." „Dann muß das ja zur Ärztin. Die ist da vorne." sagt Karin. Sie zeigt mit ausgestrecktem Arm zu Dr. Sandra. Lukas begibt sich sofort zu der Ärztin. „Guten Tag. Ich bin neuer Mitarbeiter vom Büro der Ermittlungen. Hier habe ich eine Wasserprobe von einem der toten Pferde genommen. Wenn das im Labor mal untersucht wird." „Moin. Das ist gut. Endlich mal eine Wasserprobe von einer Leiche. So, ein neuer Mitarbei-ter von Roy. Das ist gut. Obwohl er ja vieles selber macht, aber alles kann er auch nicht." „Ja. Der Arme sitzt im Rollstuhl und kann nicht so wie wir." „Lassen sie das ihn nicht hören. Er könnte ungnädig werden."

„Hat er schon gehört. Moin, Sandra. Den Mitarbeitern die Levi-ten lesen kann ich immer noch. Trotz Rollstuhl." „Sorry, Chef, wollte sie nicht kränken." „Hast ja nicht. Sandra hat ja vorher gewarnt. Aber tüchtig ist der Neue schon. Oder? Wie sieht die Pathologie das?" „Ja. Sichert gleich Wasserproben. Wenn auch wenig, aber immerhin." „Naja, wo nicht viel ist, kann man auch nicht viel entnehmen." sagt Roy.

„Ich werde mal sehen, was die Wasserprobe mir für Erkenntnis-se gibt." „Rufst mich an?" „Wenn ich etwas gefunden habe, ja. Wie weit seid ihr denn mit den Fällen von heute morgen?" „Genauso weit wie heute morgen. Bei der Dressur nennt man das Piaffe."

Dr. Sandra Lanz grinst >man merkt, daß der Chef früher Reiter war. Denkt immer noch daran.< „Na, dann mal immer schön hoch mit den Beinchen." sagt sie. Roy steht gerade neben ihr und kneift sie in den Po. „Hey, was soll das?" „Für den Satz eben."

Karin und Lukas untersuchten in der Zeit das Gelände weitläufig ab. Doch sie haben nichts weiter gefunden. „Das ist ja seltsam." sagt Lukas. „Außer bei den toten Tieren ist nichts zu finden. Es muß doch eine Spur geben. Irgendwer muß das doch getan ha-ben." „Sicher. Aber, wie hat er das gemacht? Und vor allem wo?" „Es gibt überhaupt keinen konkreten Anhaltspunkt. Ge-schweige denn eine Spur."

Roy kommt zu den beiden. Er hat gehört, was gesprochen wur-de. „Doch, es gibt einen Täter. Und er hat es geschickt ge-macht. Wegen dem Anhaltspunkt – da müssen wir die Ergeb-nisse aus der Path abwarten. Fahren wir zurück. Hier gibt es doch nichts weiter für uns."

Die drei begeben sich zum Van. Lukas sieht, daß der Chef ein bißchen mühsam hebelt. „Chef, ich schieb mal ein wenig. Das geht hier schwer. Der Boden ist aufgeweicht." „Na gut, Lukas, dann mal volle Kraft voraus zum Auto."

Während Lukas den Rollstuhl schiebt, öffnet der Chef schon

mal die Türen. Karin bekommt es mit und eilt ein wenig voraus. Sie legt die Unterlagen, die gesammelt wurden, ins Auto und setzt sich hinein. „Hier ist es schön warm." sagt sie.

Wenige Minuten später sind auch die beiden letzten im Auto. Sie fahren zum Büro zurück. „Was machen wir nun, Chef? Viel haben wir ja noch nicht." „Wir haben bis jetzt eine menschliche Leiche und etliche tierische Leichen. Und mein Bauch sagt mir, daß alles zusammmenhängt." „Also ich wußte nicht, daß Bauch-gefühle zugelassen sind." „Unser Chef verläßt sich oft auf sein Bauchgefühl."

Die drei erreichen das Büro. Roy fährt gleich bis in sein Büro. Lukas und Karin setzen sich an ihre Schreibtische. Während Karin den PC startet, überlegt Lukas. >Drei Fundorte mit Leichen und überhaupt keine Spur. Weder Fuß- noch Reifenspur. Woran sind die Leichen gestorben?<

Doch auch Roy überlegt. >Es hilft nichts, wir müssen die Ergebnisse des Labors abwarten. Vielleicht kann der Wassertropfen etwas verraten.<

*

Die Zeitungen sind erschrocken über die Nachricht der Stadtwerke betreffend des Leitungswassers. Auch Radio und Fernsehen sind erschrocken. Alle geben sofort eine Warnmeldung heraus.

Das Radio meldet stündlich 'In Utin und Umgebung ist das Leitungswasser auf unbekannte Art verunreinigt. Die Bevölkerung darf kein Wasser aus den Leitungen entnehmen. Wir geben ihnen Bescheid, wenn diese Warnung wieder aufgehoben wird.'

Das Fernsehen gibt in den allgemeinen Nachrichten und in den Regionalsendungen ebenfalls diese Warnung heraus. Die Zeitun-gen sehen diesen Anlass für eine komplette Seite. Sie informie-ren ihre Leser umfassend. Können jedoch keine genaue Ursache der Verunreinigung nennen.

Ein Journalist geht zum Redakteur. „Was meinen sie? Was könn-te das für eine Verunreinigung sein? Bakterien? Oder Chemika-lien?" „Mann, worauf wollen sie hinaus? Die Bevölkerung mit Falschmeldungen beunruhigen? Das lassen sie mal schön blei-ben. Ich weiß nicht, was in den Leitungen sein kann. Oder im Wasser. Und so lange es keiner genau sagen kann, wird auch nicht darüber geschrieben. Und spekulieren tun wir nicht. Bei uns gelten Fakten. Handfeste Fakten für Informationen. So, wie es von den Stadtwerken kam." „Hat die Polizei denn schon mehr Erkenntnisse darüber?" „Denke ich nicht. Die haben in letzter Zeit viele Tote gefunden bzw. gemeldet bekommen. Doch die Ursache für das Sterben weiß noch keiner."

Der Journalist verläßt das Büro des Redakteurs. >Geben eine Warnmeldung heraus. Haben aber keine weiteren Informationen. Da werde ich mal nachhaken. Vielleicht bekomme ich ja doch etwas bei der Polizei heraus. Werde aber erst einmal ins Kran-kenhaus fahren. Dort müßte man ja etwas erfahren.<

Der Journalist verläßt das Gebäude der Zeitung. Setzt sich in sein Auto und fährt direkt zum Krankenhaus. Dort angekommen fragt er nach dem Arzt, der die Frau behandelt, die am Morgen eingeliefert wurde. Ferner fragt er, auf welcher Station die Frau jetzt liegt.

„Sie sind ja lustig. Kommen hier her, fragen nach dem Arzt,der heute Morgen eine eingelieferte Frau behandelt und wo die Frau jetzt liegt. Wer sind sie überhaupt? Verwandtschaft der Frau be-stimmt nicht. Und welcher Arzt die Frau untersucht hat, werde ich ihnen nicht verraten." „Die Frau ist meine Schwester." sagt der Journalist. „So, ihre Schwester. Dann können sie mir ja den Namen nennen." bekommt er zu hören.

Doch den Namen der eingelieferten Frau weiß er nicht. Er greift in seine Taschen und sucht etwas Geld. Damit, so hofft er, kann er den Pförtner locken. „Was suchen sie denn jetzt? Sie wollen doch wohl nicht versuchen mich zu kaufen? Da werde ich gleich mal die Polizei anrufen." sagt der Pförtner und schließt das Sprechfenster. Dann nimmt er den Telefonhörer und ruft die Po-lizei an.

„Hier die Polizeistation." hört der Pförtner. „Ja, hier ist das Krankenhaus, die Pforte. Es ist hier ein Mann, der sich nach dem behandelnden Arzt der Frau erkundigt. Und dann will er wissen, wo die Frau liegt. Ein Verwandter ist er nicht, da er den Namen der Frau nicht weiß. Dann hatte er wohl die Absicht mich zu kaufen." „Ja, das wird ja immer schöner. Ich schick einen Wagen."

Der Journalist ist in der Zwischenzeit in das Krankenhausge-bäude gegangen. Er versucht jetzt so die eingelieferte Frau zu finden. Geht von Station zu Station und fragt nach der Frau. Doch die Stationen wurden bereits gewarnt.

Der Chefarzt des Hauses kommt auf den Mann zu. „Guten Tag, wen suchen sie bitte?" „Sind sie der behandelnde Arzt der Frau, die heute morgen eingeliefert wurde?" fragt der Journalist. „Wie geht es der Frau jetzt und auf welcher Station liegt sie jetzt?" „Es tut mir leid. Die Frau von heute morgen ist verstorben. Wir konnten nichts für sie tun." antwortet der Chefarzt. „Ich bin hier der Chefarzt des Krankenhauses."

Damit hat der Journalist nicht gerechnet. Den Chefarzt persönlich zu sprechen. Auch ist er überrascht, daß die Frau bereits tot ist. Er notiert sich die erhaltene Information. „Entschuldigen Sie, warum schreiben sie sich das denn auf, was ich eben gesagt habe?" „Damit ich das nicht vergesse." „Ich glaube eher, sie sind Journalist und versuchen hier an Informationen zu kommen, die sie überhaupt nichts angehen." „Die Öffentlichkeit hat ein Recht zu erfahren, was passiert ist." sagt der Journalist trotzig.

„Ja, das Recht hat die Öffentlichkeit. Und wir haben jetzt das Recht zu erfahren, wer sie sind." hört der Journalist plötzlich hinter sich. Er dreht sich um und schaut zwei Polizisten an. Jetzt muß er schlucken. Damit hat er nicht gerechnet, daß die Polizei so schnell zur Stelle ist.

„Denn Verwandtschaft zu der Frau von heute morgen, sind sie nicht. Also, wer sind sie und was wollen sie?" Der Journalist ist etwas verstört. Dann gibt er kleinlaut Auskunft. „Iich ..." „Sie brauchen hier jetzt nicht zu stottern." „Ich bin Journalist. Mein Name ist Meyer. Die eigenartigen Todesfälle von heute haben mein Interesse hervorgerufen." „Ich glaube, wir unterhalten uns mal auf der Wache weiter." sagt der Polizist. Mit diesen Worten packen die beiden Polizisten den Journalisten und verlassen das

Krankenhaus.

Der Chefarzt geht zum Pförtner. „Guten Tag. Ich muß sie wirklich mal loben. Das haben sie echt gut gemacht. Die Polizei und mich zu verständigen. Wo kommen wir denn hin, wenn hier die Journalisten tun und lassen wollten, was sie wollen. Pressefrei-heit hin und Pressefreiheit her."

Bevor der Pförtner etwas sagen kann, klingelt das Telefon. „Krankenhaus. Pforte. Was kann ich für sie tun?" „Ja, Armstetter hier von der Zeitung. Ist bei ihnen ein Journalist aufgetaucht, der Informationen zu den Fällen von heute morgen sucht?" „Ja. A-ber den hat die Polizei mitgenommen." „Ja, das hat er jetzt ver-dient. Er hatte keinen Auftrag dafür. Also unsere Zeitung hätte seinen Artikel nicht veröffentlicht. Das wollte ich ihnen sagen. Wir sind eine ordentliche Zeitung. Keine Leute, die der Polizei bei den Ermittlungen im Wege stehen."

Der Chefarzt hat das Gespräch mitgehört. Er nimmt den Hörer und sagt dem Redakteur „Dr. Wittler hier. Ich bin Chefarzt. Herr Armstetter, sie tun mir wirklich eine Freude, wenn sie das, was sie eben gesagt haben, in ihre Zeitung setzen könnten. Dann wä-re es wirklich mal ehrlich."

Der Redakteur Armstetter ist sehr erstaunt über die eben gehörten Worte. Dann sagt er „Da können sie von ausgehen, daß ich das selbst in die Zeitung setzen werde, Dr. Wittler."

Dann ist das Gespräch beendet. Dr. Wittler verläßt die Pforte. Auf dem Weg zu seinem Büro, wird er immer wieder auf das eben geschehene angesprochen.

*

In der Pathologie klingelt das Telefon. „Ja, Lanz am Apparat."
„Würde mich auch wundern, wenn nicht." klingt es an ihr Ohr.
„Gibt es schon irgendwelche Infos betreffend der heutigen Lei-
chen? Es genügt mir vorerst das menschliche Opfer."

„Oh, der Chef persönlich. Also, ich habe die Organe
fotografiert. Auch den Magen. Und der hat ja bekanntlich zwei
Löcher, nor-malerweise." „Oh, das hört sich nach
Erkenntnissen an." „Ja. Ich habe bemerkt, daß der Magen
etwas beinhalten muß, was ihn von innen zerstört. Er hat ein
Loch zu viel."

„Aha, wie ich es vermutet habe." „Wie? Ist der Fall denn schon
geklärt?" „Das nicht, Sandra. Aber wenn der Magen etwas
beinhaltet, was ihn zerstört, dann muß es irgendwie mit einem
Gift zusammengekommen sein." „Gift? Ich habe nichts in der
Hinsicht gefunden." „Macht nichts. Untersuche mal die Mägen
der anderen Leichen auf das selbe Ergebnis." „Auf Gift?" „Ne,
die gefressenen Löcher."

„Aber Gift läßt sich doch nachweisen." „In der Regel ja.
Aber ..." „Was, aber?" „Naja, Frau Dr. muß ja nicht alles
wissen. - Noch nicht. Später. Danke dir." Dann legt der Chef
den Hörer auf.

>Also doch. Etwas ist im Wasser, was den Körper von innen
rui-niert. Nur – wer macht so etwas? Und warum? Dann wäre
die Frage: wo hat er es rein geschüttet? Und wann?<

Karin betritt das Büro. „Ich bringe mal einen Kaffee. Das Wasser kommt aus dem großen Fass." „Danke dir, Karin. Bestell
doch mal gleich so 10 Wassergalonen. Sicher ist sicher."

33

„Mach ich, Chef. Schon etwas neues erfahren? Siehst so nachdenklich aus." „So, sehe nachdenklich aus. Mädchen, ich arbeite. Dann sehe ich mitunter so aus."

Karin verläßt das Büro. Im vorderen Büro meldet sich ihr neuer Mitarbeiter. „Na, eine Abfuhr vom Chef erhalten?" „Abfuhr? Wie so Abfuhr? Lukas, der Chef sitzt im Bürostuhl und ist am grübeln." Lukas dreht sich zu Karin um „Wo sitzt er?" „Im Bürostuhl." „Wie ist er da denn rein gekommen?" „Genauso wie du. Hat sich rein gesetzt." „Ich dachte, er könnte nicht aus dem Rollstuhl raus." „Lukas mußt noch sehr viel lernen – über unseren Chef." Lukas nickt nur.

Karin schaut zur Tür des Büros ihres Chefs. >Der sitzt da und überlegt. Gut, das er mir nicht gleich seine Überlegungen auf die Nase bindet, weiß ich ja. Aber mich an seinen Überlegungen teilhaben lassen, daß könnte er ruhig. Schließlich fahren wir ja auch überall zusammen hin.<

Lukas beobachtet seine neue Kollegin. „Na, doch irgendwelche Defferenzen mit dem Chef?" „Quatsch. Mich ärgert nur, daß ich nicht weiß, worüber er grübelt."

Karin hat nicht bemerkt das der Chef rein gekommen ist. „Das kann ich dir sagen. Über den Fall. Müßte meine Karin doch eigentlich wissen. So lange, wie wir zusammen arbeiten." „Oh, gar nicht gemerkt, daß sie gekommen sind." „Das ist der Vorteil von Rädern. Die machen keinen Lärm wie Stöckelschuhe." „Habe ich nicht an." „Ich meine das ja nur. Sei doch nicht so empfindlich, Mädel. Kennst mich doch." „Eben. Und? Was ist das Ergebnis der Überlegungen?"

„Der Magen der menschlichen Leiche hat ein Loch zu viel. Wird folglich von innen bearbeitet." „Gift?" „Ja, aber ein ganz spezielles Gift. Dafür gibt es kein Gegenmittel." „Also absolut tödlich." sagt Lukas. „Gut erkannt." „Man müßte herausfinden, was das für ein Gift ist." „Das weiß ich schon."

Die beiden Mitarbeiter schauen ihren Chef erstaunt an. „Und wie heißt es? Und wo bekommt man es?" „Antwort auf Frage 2: in der Apotheke. Steht im Giftschrank." „Da muß man doch für unterschreiben. In den Apotheken." sagt Lukas. „In der Regel, ja. Wenn man es ohne Kenntnis des Apothekers holt, nein." „Dann ist es Diebstahl." „Wieder gut erkannt, Lukas."

Karin hat bisher nur zugehört. Jetzt sagt sie „Man müßte herausbekommen, welche Apotheke das Gift in letzter Zeit herausgegeben hat." „Oder früher. Herausgegeben hat oder gestohlen wurde." sagt der Chef. „Wieso früher?" „Weil es nicht sofort wirkt." „Ih, ein Langzeitmittel. Wie schrecklich." „Wie lange braucht es denn für die Wirkung?" „Gute Frage. Noch eine Frage?" sagt der Chef.

„Ja. Wann machen wir Mittagspause?" fragt Karin. „Wieso? Hast was gekocht?" grient der Chef. „Na, los, machen wir Mittag." Lukas erhebt sich vom Stuhl und will den Chef schieben. „Das mache ich." sagt Karin. „Aber die Tür öffnen, darf ich?" „Auch wieder schließen – wenn wir draußen sind." antwortet Karin.

>Die beiden verstehen sich schon. Das ist gut. Nur von Vorteil.< merkt der Chef. Die drei gehen gemeinsam zum Mittagessen. „Chef, wohin?" „Karin, von dir hätte ich die Frage jetzt nicht erwartet." „Also, wie immer." Lukas fragt da

„Was heißt wie immer?" Karin antwortet „Wie immer heißt: es geht zum Imbiss." „Was ist da so verkehrt dran?" „Das nichts neues passiert." „Karin möchte also etwas neues haben." meldet sich der Chef. „Dann änder mal den Kurs Richtung Balkan." Plötzlich erhält der Chef einen dicken Schmatzer auf seine rechte Wange. „Scheint jemand zufrieden zu sein."

Das Tempo wird langsam schneller. „Hey, Karin, hast du noch etwas vor? Wegen dem Tempo." „Wir haben doch nur eine halbe Stunde Zeit." „Zu laufen? Oder zum Essen?" „Mittagspause. Lukas." „Hoffentlich weiß das auch die Bedienung." Der Chef grinst sich ein und genießt die Tour.

Die Tür zu den Balkanstuben wird geöffnet. „Mahlzeit. Oh, die Ermittler haben Betriebsausflug." „Nein, das ist kein Betriebsausflug. Das ist Mittagspause." Lukas schaut auf die Uhr. „Das wird aber mächtig knapp mit der Zeit." „Ja, ja, die jungen Leute wollten es so haben." sagt der Chef.

„Kann die Mittagspause heute nicht verlängert werden, Chef?" fragt Karin. „Mach auch heute abend länger." „Wen oder was?" „Na, im Büro. Bitte Chef." „Wenn ich jetzt ja sage, schmatzt es wieder bei mir im Gesicht."

Karin schaut ihren Chef erwartungsvoll an. „Mal sehen, was sich machen läßt." Prompt springt Karin auf. Und der Chef hat seinen zweiten Schmatzer. „Machst du das immer so, Karin?" fragt Lukas. „Ne, brauchst nicht bange werden. Das macht sie nur in Ausnahmefällen."

Die Bedienung kommt und fragt nach den Wünschen. Lukas bestellt sich eine große Cola und sucht noch in der Speisekarte.

Karin will bestellen, da sagt der Chef „2 kleine Weine." Das Mädchen schaut ihren Chef an. „Alkohol im Dienst?" „Singst du schmutzige Lieder hinterher, werde ich mir schon was einfallen lassen."

Die drei genießen ihre Mittagspause. Nach einer Stunde erreichen sie wieder das Büro. Beim öffnen der Bürotür hören sie das Telefon klingeln. Lukas läuft zum Schreibtisch „Büro der Ermittlungen." „Na, endlich meldet sich mal einer. Ich versuche schon seit einer halben Stunde anzurufen." „Ja, wer ist denn da?" fragt Lukas. „Die Patholoigie, Dr. Lanz. Ich würde gern den Chef sprechen." Lukas schaut den Mann im Rollstuhl an „Die Pathologie."

Roy nimmt den Hörer „Na, Sandra, schon wunde Finger vom wählen? Haben heute mal die Mittagspause verlängert. Was hast neues?" „Ich habe die Mägen aller Leichen untersucht. Immer das selbe Ergebnis." „Wie bei der menschlichen Leiche ein Loch zu viel." „Du sagst es. Aber ich kann keine Substanzen feststellen. Keine Giftspuren." „Du meinst wie bei Zyankalie und Konsorten." „Richtig." „Da keine Giftspuren auffindbar sind, ist es das, was ich bereits vermutet habe." „Ach, du hast eine Vermutung? Ohne Hinweise." „Die hast du mir doch eben genannt. Die Mägen der Opfer sind alle gleich beschädigt." „Ja, aber die Giftart. Die kann ich nicht feststellen." „Ist auch nicht nötig. In diesen Fällen." „Aha, und wie gedenkt der Herr jetzt vorzugehen?" „Jetzt müssen wir die Person suchen, die das Wasser verunreinigt." „Wie kommst du auf Wasser verunreinigt?" „Schon mal Wildtiere gesehen, die etwas anderes saufen? Bier, Wein oder Cola?" „Ne. Auch nicht mit Kaffee. Na, dann sucht mal schön." „Ich dank dir, Sandra."

Bei der Nennung von Cola griff sich Lukas an den Hals. >Die Cola vergiftet.< Der Chef gibt ihm eine Kopfnuss „Aufwachen. Bist nicht vergiftet. Das Wasser ist vergiftet, nicht deine Cola." Lukas spürt die Kopfnuss und schaut Karin an. „Ich war das nicht." sagt sie.

Der Chef rollt in sein Büro und schließt die Tür. An seinem Schreibtisch setzt er sich wieder in den Bürostuhl. Dann ergreift er die Akte des heutigen Falles. Er notiert sich die Meldung der Pathologie. Er greift zum Telefon, wählt die Nummer der Pathologie und wartet.

„Pathologie, Dr. Lanz." „Sandra, ich bin es. Kannst du noch die Nieren untersuchen. Und die Speiseröhren. Dort müßten die gleichen Resultate kommen, wie beim Magen." „Du meinst mit der Zerstörung." „Ja." „Mach ich." „Danke dir." Dann legt er den Hörer wieder auf.

>Wer ist so aggressiv, daß er alles Leben zerstören will? Und wo hat die Kenntnis von diesem Gift her? Der muß ja irgendwie aus der Branche kommen.<

*

Im Krankenhaus wird Dr. Block zur Patientin Feddersen gerufen. „Was gibt es denn, Frau Feddersen?" „Ich habe wieder so Schmerzen im Bauch. Es tut höllisch weh." Dr. Block greift zu seinem Sprechgerät und sagt „Sofort die Röntgenabteilung fertig machen. „Ich komme mit einer Patientin." Er schnappt sich das Rollbett und schiebt es so schnell er kann zum Röntgenraum.

Dort wird Frau Feddersen gar nicht erst umgebettet, sondern im Rollbett geröntgt. Nachdem die Aufnahmen gemacht wurden, wird die Patientin auf den Flur gebracht und die Aufnahmen sofort begutachtet. Dr. Block schaut sich die Bilder ganz genau an. „Wo sind die ersten Bilder?" „In ihrem Büro." Dr. Block rennt in sein Büro und sucht die ersten Röntgenbilder. Dann vergleicht er die Bilder. >Was ist denn das? Der Magen sieht ja ganz anders aus als normal.< Er schaut sich andere Bilder vom Magen an. >Der Magen der Patientin hat ja ein Loch an der Seite.<

Dr. Block ruft nach seinem Vorgesetzten Professor Hauf. Nach wenigen Minuten ist der Professor bei ihm. „Herr Professor schauen sie sich mal diese Röntgenbilder an. Der Magen hat ja ein Loch an der Seite." Der Professor schaut sich die Röntgen-bilder an. „Ja, das ist seltsam. Seit wann ist die Patientin bei uns?" „Heute morgen wurde sie gebracht. Mit starken Bauch-schmerzen. Aber wir konnten da noch nichts feststellen. Jetzt hatte sie wieder Schmerzen und wir haben gleich geröntgt. Da haben wir dann das Loch im Magen gefunden."

Eine Krankenschwester stürmt ins Zimmer. „Schnell, Dr. Block. Frau Feddersen hat wieder Schmerzen. Diesmal am Hals." Alle drei stürmen zu der klagenden Patientin. „Sofort röntgen. Wir müssen den Hals röntgen." Frau Feddersen wird wieder ins Röntgenzimmer gebracht. Die Aufnahmen hinterher angesehen. „Die Speiseröhre hat auch die Symptome wie der Magen." „Das ist aber sehr seltsam." sagt der Professor. „So etwas haben wir noch nie gehabt."

In der Zwischenzeit wird die Patientin zurück in ihr Zimmer

gebracht. „Wie können wir der Patientin helfen?" „Das ist eine gute Frage. Leider habe ich da auch keine Ahnung."

Aus dem Sprechgerät ist hörbar „Herr Professor, es ist ein Gespräch für sie in der Leitung." „Stellen sie das Gespräch auf den Apparat von Dr. Block." Wenig später klingelt das Telefon. Dr. Block nimmt ab „Ja?" „Das Gespräch für Herrn Professor." Block reicht dem Professor den Hörer. „Ja, Professor Hauf hier." „Moin, Professor Hauf, hier ist das Brüo für Ermittlungen. Wir haben seit heute morgen einige seltsame Todesfälle in der Stadt bzw. in der Umgebung erhalten. Jetzt mal folgende Frage: sind im Krankenhaus heute Personen eingetroffen, die über Schmerzen im Bauchbereich oder Hals haben?" „Ja, heute morgen wurde eine Frau eingeliefert die solche Symptome hat. Wir haben Röntgenbilder gemacht und sind jetzt ratlos. Der Magen der Frau und auch die Speiseröhre weisen seltsame Symptome auf. Wie wir der Frau helfen können, weiß ich noch nicht. Ich kenne so etwas nicht. Was die Ursachen sind und wie man das behandeln soll?"

Der Chef hört die Verzweiflung in der Stimme des Professors. Er überlegt, ob er ihm schon sagen soll, daß es keine Rettung für die Frau gibt. Dann sagt er „Die Pathologie hat heute einige Leichen untersucht und festgestellt, daß dort die selben Symptome vorhanden waren. Also Löcher im Magen und der Speiseröhre. Herr Professor, ich will sie nicht unglücklich machen, aber ich kann ihnen sagen, daß es für die Patientin so viel wie keine Rettung geben wird." „Woher wollen sie das wissen?" „Wenn es das wirklich ist, was ich vermute, dann ist es so. Ich habe vor Jahren von so einer Substanz erfahren. Doch lange keine große Bedeutung beibemessen. Und wenn es diese Substanz ist, gibt es keine Hilfe."

Professor Hauf ist sprachlos. Mit so einer Nachricht hat er nicht gerechnet. „Und wie bekommt man das heraus? Und vor allem, was sage ich den Patienten, die mit den Symptomen eingeliefert werden?" „Ich weiß, Herr Professor, es ist eine niederschmetternde Nachricht. Tut mir leid, aber ich kann es nicht ändern. Wir sind jetzt auf der Suche nach der Person, die das ganze verursacht hat. Ich denke, ich habe das Richtige getan, sie über den Fall und die Aussichten zu informieren. Arbeiten sie mit Frau Dr. Lanz zusammen. Geben sie ihr die Fälle, die mit den Symptomen identisch sind, durch. Dann kann man es besser protokollieren." Professor Hauf ist den Tränen nahe. Er kann nur erwiedern „Das werden wir tun. Danke für die Nachricht. Und finden sie den Hurensohn, der das gemacht hat." „Ob es ein Hurensohn ist, weiß ich nicht. Aber ich habe sie verstanden. Tschüß Herr Professor." „Ja, tschüß." kommt es resigniert.

Dr. Block sieht seinen Chef an. „Was ist Herr Professor? Sie weinen ja." „Bei so einer Nachricht mit den Aussichten, da kann man auch nicht anders als weinen." „Was ist denn?" „Die Patientin da auf dem Flur – wird sterben. Und wir können es nicht verhindern. Und es können noch mehr solche Fälle kommen." „W wer sagt das?" „Der Chef vom Büro für Ermittlungen. Es gibt seiner Meinung nach eine Substanz, die diese Symptome hervorruft. Es gibt kein Mittel dagegen."

Dr. Block setzt sich auf seinen Bürostuhl. Das war auch für ihn ein Schock. „Heilige Scheiße." entkommt es ihm. „Wer macht denn so etwas? Und warum?" Die Ärzte sitzen auf den Stühlen und müssen die Nachricht erst verdauen.

„Was machen wir mit Frau Feddersen?" „So gut wie möglich begleiten. Mehr können wir nicht tun. Es gibt keine Gegenmittel. Das Zeug ist absolut tödlich."

Professor Hauf entfernt sich. Schaut noch einmal zur Patientin Feddersen und geht in sein Büro.

Dr. Block geht zu Frau Feddersen und sagt „Frau Feddersen, wir können immer noch nicht feststellen, was in ihrem Körper vorgeht." „Es kommt immer in Abständen. Die Schmerzen. Hals und Bauch im Wechsel." „Wie sind ihre Geschmacksnerven? Können sie den Geschmack ihres Essens unterscheiden?" „Warum fragen sie?" „Wir müssen alles kontrollieren. Es kann sein, das die Geschmacksnerven in Mitleidenschaft gezogen werden." „Bis jetzt kann ich es noch schmecken." „Na, das ist doch schon etwas positives." sagt Dr. Block.

Eine Krankenschwester will vorbei gehen. „Schwester, bringen sie Frau Feddersen auf ihr Zimmer." Dann geht Dr. Block zur Aufnahmestation um nach neuen Patienten zu schauen. Während Schwester Babsi das Bett mit Frau Feddersen in ihr Zimmer bringt.

Auf dem Parkplatz direkt vor dem Krankenhaus rauscht ein Kleinlastkraftwagen heran. Kommt abrupt zum stehen. Und kaum das das Fahrzeug steht, springt ein Mann heraus und läuft direkt zur Anmeldung.

Beim Fahrzeug steigt der Fahrer aus, geht um das Fahrzeug zur hinteren Tür und holt einen Arbeitskollegen heraus. „Komm, Kai, ganz vorsichtig. Wir sind hier beim Krankenhaus. Fred ist schon bei der Anmeldung. Kommt bestimmt gleich mit einem Rollstuhl."

Die beiden gehen langsam zum Eingang des Krankenhauses. Wie sie die Tür erreichen kommen Fred und eine Krankenschwester mit einem Rollstuhl an. Vorsichtig wird Kai hineingesetzt. „Was hat er denn?" fragt die Krankenschwester. „Das wissen wir nicht. Er klagte heute vormittag schon über zeitweilige Bauchschmerzen."

Kai wird sofort zur Notaufnahme gebracht. Am Tresen der Aufnahme werden Fred und sein Kumpel nach den Daten von Kai gefragt. „Wir wissen nur seinen Namen und seine Adresse." „Hat er einen Ausweis dabei?" „Sie sind lustig. Fragen uns nach den Angaben unseres Kameraden und wir haben andere Sorgen. Nämlich, das ihm geholfen wird. Er hat Schmerzen. Verstehen Sie? Aua, Aua, hat unser Kamerad. Also, holen sie schnell einen Arzt."

Dr. Block will gerade ins Büro des Notaufnahmearztes gehen. „Dr. Block, hier ist ein neuer Patient eingetroffen." Fred sieht den Arzt „Sind sie der Notarzt? Mein Kamerad hat fürchterliche Schmerzen im Bauch." „Der Notarzt bin ich zwar nicht. Aber hier zuständig schon. Bringen sie ihren Kollegen doch gleich zum Röntgenraum."

>Endlich mal einer, der auch schnell handelt.< freut sich Fred. „Wo ist denn der Röntgenraum?" „Da vorne gleich rechts." Fred und sein Kollege schieben Kai zum besagten Raum. Sie sind noch gar nicht zum Stillstand gekommen, wird die Tür geöffnet.

„Kommen sie hier herein. Den Mann mal auf den Tisch legen. Und dann warten sie bitte draussen."

Kai wird vorsichtig auf den Tisch gelegt. Dann gehen die beiden Kameraden hinaus. „Hoffentlich können die gleich feststellen, was Kai hat." „Und ihm das richtige Mittel geben."

Die Tür des Röntgenraumes geht auf und die Ärztin kommt mit Bildern heraus. Die beiden Männer gehen zu ihrem Kameraden. Derweil die Bilder Dr. Block vorgelegt werden.

Er wirft einen Blick auf die Bilder und erkennt sofort, es ist wie bei Frau Feddersen heute morgen. Zu den beiden Männern sagt er dann „Ihren Kollegen müssen wir mal hier behalten. Da müssen noch einge Untersuchungen gemacht werden. Wissen sie, was er in letzter Zeit zu sich genommen hat?" „Ganz normal Brot, Brötchen, Mittagessen.Wie wir alle. Getrunken nur Selter, Kaffee und ab und an mal ein Bier." Dr. Block nickt nur und macht sich Notizen.

„Was hat er denn? Er klagte über Bauchschmerzen. Mehr Magenschmerzen." „Das müssen wir noch genauer untersuchen."

Die beiden Arbeitskollegen gehen noch einmal zu ihrem Kameraden und verabschieden sich von ihm.

Dr. Block vergleicht die Bilder von Kai und Frau Feddersen. Sie sind absolut gleich. Bei beiden hat der Magen ein Loch zu viel. Dann sagt er der Röntgenabteilung „Bei dem Mann, der eben eingeliefert wurde, brauchen wir noch Bilder der Speiseröhre." „Machen wir."

Der Arzt macht sich Gedanken >was ist hier los? Patienten werden mit gleichen Symptomen eingeliefert. Was ist das für ein Zeug? Wie gelangt es in den Körper?< Er ist derzeit ratlos, wie der Professor Hauf.

*

Ein neuer Tag beginnt. Die Sonne ist sich noch unschlüssig, ob sie herauskommen soll. Wolken verhängen den Himmel.
Wie jeden Tag gehen Personen zur Arbeit oder kommen nach Hause. Die Nacht war für einige Menschen sehr arbeitsreich. Im Krankenhaus gingen immer wieder Fälle mit Magenschmerzen ein. Bei der Polizei gingen Meldungen von toten Tieren und Menschen ein. Doch keiner weiß, was hier wirklich passiert.

Die Wasserwerke haben immer wieder Proben von den Wasserleitungen genommen. Auch von den umliegenden Seen wurden Wasserproben genommen. Das Wasser wurde in drei verschiedenen Labors untersucht. Das Ergebnis ist jedesmal gleich: keine Verunreinigung zu finden. Keine Giftspuren vorhanden.

Die Arbeiter in den Laboren schütteln die Köpfe. „Es ist nichts festzustellen. Keine Keime und keine Giftspuren. Was kann das nur sein? Irgendetwas nuß im Wasser sein.“ Der Vorgesetzte kommt ins Labor. „Na, gibt es jetzt Ergebnisse?“ „Nein, wir können die Tests immer wiederholen. Doch es kommt immer das gleiche Ergebnis. Keine Spuren.“

Das Telefon klingelt. Der Vorgesetzte geht ran „Ja, Wasserwerke Utin.“ „Büro der Ermittlungen hier. Wollte mal nachfragen, ob es positive Ergebnisse seitens des Labors gibt." „Tut mir leid. Meine Mitarbeiter haben immer wieder neu getestet. Es gibt keine Keime bzw. Verunreinigungen. Und auch keine Giftspuren. Meine Leute können sich kaum noch auf den Stühlen halten." „Dann schicken sie die nach Hause zum Schlafen. Keine Spuren von Verunreinigung oder Gift. Aber es ist ein Mittel im Wasser. Ein Mittel, das man im Wasser nicht erkennen kann." „Ein Mittel, das nicht erkennbar ist? Wie ist das möglich?" „Wenn ein Mittel genau die gleiche Farbe wie das Wasser hat, können sie es dann im Wasser erkennen?" „Mit bloßem Auge nicht. Aber die Moleküle müssen doch anders sein."

Der Chef der Ermittlungen überlegt. Dann sagt er „Und wenn die Moleküle auch gleich sind?" „Verdammt. Was ist das für ein Zeug?" „Ein tödliches Zeug." „Kennen sie das Mittel? Und wo kann man es bekommen?" „Ich habe in der Jugendzeit per Zufall so ein Mittel kennengelernt. Damit wurden damals so Feldmäuse, die im Strandbad gesammelt wurden, am Abend getötet.
Wer das Mittel mitgebracht hatte, weiß ich nicht. Aber es ist im Wasser nicht nachweisbar." „Oh, dann wissen wir ja schon mal etwas. Brauchen sich meine Leute keine Gedanken machen."

Der Mann von den Wasserwerken ist erleichtert über das eben Erfahrene. Dann kann er sein Personal in der Hinsicht beruhigen. Jetzt müßte man nur noch herausbekommen, wo das tödliche Zeug ins Wasser gegeben wurde.

Der Chef weiß nun, daß er mit seiner Vermutung auf dem richtigen Weg ist. Nur – wo wurde das Mittel ins Wasser gegeben? Und von wem? Das weiß er noch nicht.

Karin und Lukas kommen zum Dienst. Karin ist erstaunt. Das Fenster vom Büro des Chefs ist weit geöffnet. Sie springt hoch, um hinein zu schauen. „Spring da nicht so rum, komm lieber rein. Ja, ich bin schon da."

Wenig später sind die beiden im Büro. Guten Morgen, Chef. Ich hatte schon Angst, die Putzkraft hätte das Fenster vergessen." „Moin, ihr beiden. Nein, Karin, das hatte sie nicht. Ich bin heute früher gekommen." „Der Fall mit den vielen Toten?" „Du sagst es. Heute morgen habe ich bereits Nachricht von den Wasserwerken erhalten. Die können keine Spuren von Verunreinigungen und von Giftrückständen finden."

„Ja, toll. Dann suchen wir die Nadel im Heuhaufen." sagt Lukas. „Eine kleine Flasche, wo eine gefährliche Substanz drin war, wäre effektiver." „Was für eine Substanz?" „Die aussieht wie Wasser, aber kein Wasser ist." „Sondern?" „Nifolam." „Was soll das sein?" „Tödlich. Absolut tödlich, weil es kein Gegenmittel gibt." „Ihgitt." kommt es von Karin. „Was ist? Hast Schweinerei gemacht, Karin?" „Ne, es bezieht sich auf das eben gehörte."

Der Chef nickt. „Also, Leute, machen wir uns auf die Suche." Der Mann erhebt sich von seinem Bürostuhl und setzt sich in seinen Rollstuhl. Dann rollt er aus seinem Büro. Im Zimmer seiner Mitarbeiter schaut er sich um. Karin sucht ihre Sachen für den Außendienst zusammen. Lukas ordnet seinen Schreibtisch. Dann machen sich alle drei gemeinsam auf den Weg.

Der Chef öffnet die Tür und rollt hinaus. Seine Mitarbeiter folgen ihm. Lukas geht hinter dem Rollstuhl „Darf ich, Chef?"

„Was?" „Sie schieben. Einfach anfassen und schieben mag ich nicht. Darum frage ich vorher." „Da hat ja jemand etwas gelernt. Na, dann mal volle Kraft voraus."

Sie erreichen das Auto des Unternehmens. Ein Knopfdruck und die Hecktüren öffnen sich. Ein weiterer Knopfdruck und die Hebebühne kommt heraus. Fünf Minuten später sitzen alle im Fahrzeug. „Wo fahren wir hin?" „Wir werden etliche Möglichkeiten der Beimischung des Wassers absuchen." „Wo fangen wir an?" „Bei den Wasserwerken." „Haben die das nicht selber bereits gemacht?" „Nein. Sie haben bisher Wasserproben untersucht."

Die Fahrt führt die drei Ermittler zu den Wasserwerken. Auf der Fahrt dorthin beobachtet Karin eine Person, die sich von den Wasserwerken entfernt. „Chef, was mag die Person wohl gemacht haben? Sie kommt direkt von den Wasserwerken." Lukas schaut zu der Person hin. „Das ist bestimmt nur ein Kunde." „Komischer Kunde, der aus dem Hintereingang geht." „Wieso Hintereingang?" „Der Haupteingang ist dort, wo der Parkplatz sich befindet."

Der Chef stellt das Fahrzeug auf dem Parkplatz ab. „Lukas, wo sind wir jetzt?" „Bei den Wasserwerken." „Genauer." „Auf dem Parkplatz." „Was ist das für eine große Tür dort?" „Der Eingang." „Und dort werden wir hinein gehen."

Die Türen des Autos öffnen sich und die drei steigen aus dem Auto. Dann werden die Türen wieder verschlossen. Sie gehen durch den Hupteingang ins Gebäude. Bei der Anmeldung sagt der Chef „Wir möchten zum obersten Boß dieses Hauses." Die Dame hinter dem Tresen schaut die drei an. „Wen darf ich melden?" „Gar keinen. Wir wollen zu ihrem Vorgesetzten. Wo ist sein Zimmer?"

Lukas hat die große Tafel gefunden, wo die einzelnen Zimmer und Inhaber zu lesen ist. Er liest Zimmer 103 Geschäftsführung. „Nehmen wir doch Zimmer 103. Da ist die Geschäftsführung."

Im Nu machen sich die Ermittler auf den Weg zu Zimmer 103.

Beim Entfernen vom Tresen sagt Roy noch „Nicht anmelden. Sonst sind sie an der Reihe." Lukas schaut seinen Chef an. Karin muß leise lachen.

Nach wenigen Minuten stehen sie vor Zimmer 103. Karin klopft an und öffnet die Tür bevor eine Antwort ertönt. Der Geschäftsführer der Wasserwerke schaut erstaunt zur Tür. „Guten Morgen." sagt er. „Ich nehme an, sie sind die Herrschaften vom Büro der Ermittlungen. Womit darf ich ihnen dienen?"

„Guten Morgen. Ob das für sie ein guter Morgen sein wird, hängt von ihren Antworten ab." Der Chef rollt an den Tisch zu dem der Geschäftsführer gegangen ist. Seine Mitarbeiter folgen ihm. „Ja, worum geht es denn?" fragt der Geschäftsführer. Karin und Lukas setzen sich mit an den Tisch. „Um das Wasser in den Leitungen und der Seen. Wie kommt man an offene Stellen der Wasserleitung um etwas in das Wasser zu kippen?"

Der Geschäftsführer muß jetzt schlucken. Mit so einer direkten Frage hat er nicht gerechnet. „Ja, also ..." „Sagen sie jetzt nicht, sie können uns das nicht sagen." „Doch, doch, das kann ich schon. Nur, Mitarbeiter der Wasserwerke können an die Stellen heran. Außenstehende können da nicht so ran."

„Dann haben wir jetzt zwei Möglichkeiten: entweder ist der Täter ein Mitarbeiter der Wasserwerke, oder ein Außenstehender konnte doch da ran." „Wie soll ein Außenstehender an die Stellen heran kommen, wo wir die Wasserproben entnehmen?" „In dem er sich mal durch das Werk führen läßt, als interessierter Bürger." „Es kann doch nicht einfach einer kommen und sich hier durch das Werk führen lassen. Einzelpersonen erhalten keine Führung." „Wer erhält denn die Genehmigung?" „Schulen zum Beispiel." „Aha, und wenn er sich als Begleitung einer Schulklasse ausgibt?"
Der Geschäftsführer ist sprachlos. Mit so einer Möglichkeit hat er nicht gerechnet. „Und wie will er dann hinterher hier wieder rein kommen?" „Wie alle – durch die Tür. Versteckt sich dann irgendwo hier im Haus und schon ist er drin."

Wieder ist der Geschäftsführer ohne Worte. „So leicht geht das? Aber die Reinigungskräfte würden ihn entdecken." „Da haben wir schon die dritte Möglichkeit. Er mischt sich unter das Personal der Reinigungskräfte. Und schon ist er drin." „Chef, wenn ich das mal so sagen darf, sie machen mir Angst." „Naja, der Schaden ist ja schon geschehen. Jetzt müssen wir den Täter finden." „Und wie kriegen wir das tödliche Zeug aus der Wasserleitung?"

Der Chef schaut seine Mitarbeiter an. Dann sagt er „Das ist nicht mein bzw. das Problem des Büros für Ermittlungen. Da müssen sie eine Lösung finden." Der Geschäftsführer schaut betroffen nach unten. Mit so einer Antwort hat er nicht gerechnet.

Roy schaut auf die Uhr. Dann sagt er „Ja, dann wollen wir mal weiter. Es gibt noch genug Arbeit für uns." Er dreht den Rollstuhl und rollt Richtung Tür. Seine beiden Mitarbeiter folgen ihm.

Draußen sagt Karin „Wie hat der sich das denn vorgestellt? Sollten wir ihm jetzt noch Möglichkeiten für das Leitungswasserproblem liefern?" „Karin, mach dir keinen Kopf deswegen. Das ist sein Ressort, nicht unser. Wir müssen jetzt den Täter finden. Und das möglichst vorgestern, bevor es noch mehr Todesfälle gibt." „Die kommen ohnehin früher oder später." Lukas fragt erstaunt „Wie? Alle mit diesem Fall?" „Ja. Stell dir das mal vor."

Die drei steigen in ihr Auto ein. „Und wo geht es jetzt hin?" „Wir werden mal einen Spaziergang entlang des Sees machen." „Während der Dienstzeit?" fragt Lukas. „Ja, Lukas, während der Dienstzeit. Denn es ist ein dienstlicher Spaziergang. Wir werden dabei nach Spuren suchen." antwortet Roy.

Nach wenigen Kilometern stellt Roy das Fahrzeug auf einem Parkplatz ab. „So, jetzt geht's zu Fuß weiter." Alle verlassen das Fahrzeug. Roy will gerade die Hebebühne einfahren, da klingelt sein Handy. „Ja, Büro der Ermittlungen." „Hier ist Dr. Block vom Krankenhaus. Bei den Patienten mit den seltsamen Symptomen ist jetzt noch etwas negatives erkennbar. Die Nieren bekommen die gleichen Zeichen wie Magen und Speiseröhre." „Aha. Das ist für mich nicht verwunderlich. Danke, Dr. Block, für die Nachricht. Tschüß."

Seine Mitarbeiter schauen ihn an „Was ist jetzt, Chef?" „Das war eine weitere Bestätigung meines Verdachts. Ein weiteres

Organ ist bei den Patienten im Krankenhaus befallen. Ich sag ja, absolut tödlich."

Lukas schüttelt sich bei dem Gehörten. „Was ist, Lukas? Schüttelfrost bekommen?" „Nein, Chef, das war eine Reaktion auf ihre Bemerkung. Noch ein Organ befallen." „Ja, es ist grausam. Sehr grausam sogar."

Die drei wandern am See entlang. „Ich gehe mal dichter ans Ufer ran. Vielleicht finde ich da Spuren." sagt Karin. „Ich komm mit." sagt Lukas.

Alle drei untersuchen akribisch jeden Zentimeter am Seeweg und Ufer ab. Sie sind bereits eine dreiviertel Stunde so unterwegs. „Fußspuren sind hier ja wie Sand am Meer. Große, kleine. Menschliche und tierische." „Ja, es gibt Leute, die lassen ihre Hunde auch in den See rein." „Müll liegt hier auch genug rum." „Wenn ihr eine kleine Medizinische Flasche finden solltet, ruhig mitnehmen. Die lassen wir untersuchen." „Wo nach? Wenn die Substanz genauso aussieht, wie Wasser." „Es kann untersucht werden, ob es eine Medizinflasche ist. Ferner können Fingerabdrücke genommen werden. Heißt also für euch, nur mit Taschentuch oder Handschuhen anfassen."

Lukas untersucht seine Hosentaschen, ob er Taschentücher dabei hat. Karin sieht es „Lukas, ich habe genug Handschuhe mit. Kannst von mir ein Paar abkriegen." >Damenhandschuhe für Männer?< überlegt Lukas. Karin kommt zu ihm und reicht ihm ein Paar Handschuhe. „Das sind ja Aids-Handschuhe. Trotzdem danke." sagt er. „Das sind keine Aids-Handschuhe, sondern Handschuhe, wie sie im Pflegedienst auch benutzt werden. Fährst du Auto?" „Ja." „Dann sind in deinem Unfallkasten auch solche Handschuhe drin."

Karin hat eine kleine Flasche, die nach Medizinflasche aussehen könnte, gefunden. Sie hebt sie auf, steckt sie in eine kleine Plastiktüte, verschließt diese und steckt sie in die große Handtasche. „Eine Flasche habe ich schon mal." „Das ist doch schon mal was." sagt Roy.

Nachdem Lukas die Handschuhe angezogen hat, sucht er weiter. Stück für Stück. Spuren findet er. Viele führen zum Wasser. Es sind auch Spuren von Tieren dabei. „Wie soll denn die Spur aussehen, die wir suchen?" „Also Tierspuren, Spuren von Kindern fallen schon mal raus aus unserem Spurraster. Aber es kann entweder eine Frauenspur oder eine Männerspur sein."

Sie suchen alle drei weiter. Personen beobachten die drei. Einige schütteln ihren Kopf. Andere sind ein bißchen interessiert was die drei machen.

Ein Paar mittleren Alters geht zu dem Rollstuhlfahrer. „Entschuldigen sie, haben sie Schwierigkeiten? Können wir ihnen helfen?" Roy hebt seinen Kopf, sieht das Paar an „Nein, nein, es geht mir gut. Danke. Wir suchen nur etwas bestimmtes. Also, meine Kameraden und ich. Vielen Dank." „Was suchen sie denn? Vielleicht können wir suchen helfen." „Nein, danke, das ist nicht nötig. Sicher haben sie durch die Medien erfahren, daß es in letzter Zeit immer mehr Tote gegeben hat." „Ja, das Radio meldet es ja pausenlos. Und man soll kein Leitungswasser trinken und benutzen. Lieber Selters nehmen." „Sehen sie, da sind sie ja schon gut informiert. Und wir suchen in diesem Zusammenhang nach Spuren, die uns weiterhelfen können. Haben sie in den letzten Tagen, Wochen, Monaten etwas verdächtiges bemerkt?"

Das Paar sieht sich gegenseitig an. Dann schütteln sie die Köpfe. „Nein, wir gehen hier zwar öfter längst, aber etwas Verdächtiges ist uns nicht aufgefallen." „Sehen sie, jetzt haben sie uns schon ein wenig geholfen. Mit ihren Aussagen." „Na, dann wollen wir mal weitergehen. Schönen Tag noch." „Ja, ihnen auch."

Lukas hat eine kleine Flasche mit milchigem Glas gefunden und sichergestellt. In Karins großer Handtasche sind bereits einige derartige Funde.

„Wo bringen wir die Fundsachen denn hin?" „Zur Polizei und zwar zur KTU. Weißt du was das ist?" „Ja, kriminalistische technische Untersuchung. Na, die werden sich freuen über so viele kleine Flaschen." „Läßt sich ja nicht ändern. Da müssen die durch, genau wie wir." Die drei suchen weiter.

Roy schaut immer auf den Boden und achtet nicht darauf wo er hinfährt. Plötzlich bekommt der Rollstuhl eine Schräglage. Es dauert nicht lange, da ist der Rollstuhl umgekippt und der Chef liegt an einer Böschung. „So was kann ich jetzt nicht gebrauchen." hören seine Mitarbeiter. Lukas schaut sich um und kann seinen Chef nicht sehen. Dafür hat Karin den umgekippten Rollstuhl im Blick.

„Oh, Chef, was ist passiert?" Sie eilt schnell zu ihm hin. Lukas folgt ihr. „Karin, das siehst du doch. Bin mit dem Rolli umgekippt." „Zum Glück nicht auf einen Stein gestoßen mit dem Kopf." sagt Lukas.

Karin stellt den Rollstuhl auf und Lukas stellt sich hinter seinen Chef. „So, mal den Arm vor die Brust halten und dann geht's wieder hoch." Gemeinsam helfen Karin und Lukas ihren Chef in den Rollstuhl. „Danke. Lukas, woher die Kenntnisse mit dem Rautekgriff?" „Ich habe einen Führerschein und da muß man vorher einen Erste Hilfe Kurs machen." „Ah, dann hast da ja aufgepaßt. Die meisten kennen den Griff gar nicht. Oder nicht mehr." Die drei machen erst einmal Pause.

„Na, Karin, ist die Tasche schon voll mit kleinen Flaschen?" „Nicht ganz. Passen noch welche hinein." Lukas schaut einen Moment in die Richtung, aus der sie kommen. „Wir haben aber noch nicht viel an Strecke geschafft." „Wenn man gründlich sucht, dann dauert es eben."

Karin sucht in der zweiten Tasche. „Sind in der Tasche Spuren versteckt? Nein, dafür Getränke." Sie reicht den beiden Männern je eine Flasche Wasser. „Ist das aus der Leitung?" „Nein, aus dem See da vorne." antwortet sie und grinst. Roy hat es verstanden.

Ein Handy klingelt. Roy nimmt sein Handy und fragt „Wer stört?" „Die liebe Dr. Lanz. Ich habe bei den Leichen noch etwas entdeckt. Bei allen Leichen sind auch die Nieren und noch einige Röhren betroffen. Und – obwohl die Körper bereits tot sind, aber die Zerstörung geht weiter." „Bis nichts mehr vorhanden ist. Dann ist Schluß in dem Körper." „Ich denke das es so kommen wird. Wo seid ihr denn jetzt?" „Och, wir drei geniessen die frische Luft. Sitzen hier am großen See und gönnen uns ein Wässerchen." „Aus dem See?" „Frisch abgefüllt. Nein, natürlich nicht aus dem See. Unser Wasser haben wir aus dem Büro mitgebracht. Wollten noch nicht dort auf dem kalten

Tisch liegen." „Na, dann sucht mal schön weiter am See. Tschüß." „Tschüß Frau Doktor."

„Na, was hat die Pathologie neues berichtet?" fragt Karin. „Das noch mehr Teile wie Organe und Röhren mit Löchern befallen sind. Das Zeug frißt sich weiter durch die Körper. Auch wenn die Personen bzw. Tiere bereits tot sind."

Lukas schüttelt sich bei den Worten. „Das ist ja schrecklich. Wie kann man so etwas stoppen?" „Gar nicht. Es hört auf, wenn keine Organe bzw. Röhren mehr vorhanden sind." „Wer hat denn so etwas erfunden?" „Gute Frage. Kann ich aber nicht beantworten." sagt Roy. „Ich auch nicht." kommt es von Karin.

Die drei machen sich wieder auf die Suche nach verdächtigen Spuren.

*

Die Einwohner der Stadt sind mit dem Wasser sehr vorsichtig. Holen sich lieber einige Kisten Selters mehr.

Eine junge Frau fragt im Supermarkt an der Kasse „Was ist denn hier los? Die Leute kaufen so viel Selters. Ist das ein Sonderangebot?" „Nein, das ist kein Sonderangebot. Die Leute brauchen das Wasser mit zum Kochen. Das aus der Wasserleitung kann man zur Zeit nicht nehmen. Da ist ein tödlicher Virus drin." „Das ist ja schrecklich. Ich bin hier zum Urlaub. Aber davon habe ich noch gar nichts gehört." „Kommt doch jede Stunde die Warnung im Radio." „Weiß man schon, woher das Virus kommt?" „Bisher wurde in der Hinsicht noch nichts bekanntgegeben."

Die Frau verläßt den Supermarkt. Sie steuert mit ihren Einkäufen auf ihre Pension zu. Dort angekommen trifft sie auf die Inhaberin der Unterkunft. „Das ist ja eine schlimme Sache. Ein Virus in der Wasserleitung. Davon haben sie mir gar nichts erzählt." „Ich habe es auch erst erfahren. Das ist ja auch erst heute morgen erkannt worden."

„Was mach ich denn nun? Das Leitungswasser darf man ja nicht nehmen." „Zum trinken nicht. Das stimmt. Aber zum Waschen und Duschen geht das. Wichtig ist, daß man das Wasser nicht runterschluckt. Auch nicht den Mund ausspülen." „Was trinke ich denn, wenn ich auf meinem Zimmer bin und mal Durst habe?" „Ich habe auf jedes Zimmer einen Kasten Selters gebracht." „Und das wird mit auf die Rechnung gesetzt, wenn ich wieder abreise."

Die Vermieterin schüttelt den Kopf. „Nein, mir liegt das Wohl meiner Gäste am Herzen. Sie und ich können ja nichts dafür, daß das Leitungswasser verseucht wurde."

Die Urlauberin geht beruhigt in ihr Zimmer. >Leitungswasser verseucht. Wer macht denn so etwas? Und was will man damit bezwecken?< überlegt sie. Doch die Fragen stellen sich die Kripo und die Ermittler auch.

Im Gebäude der Stadtwerke ist noch einer am arbeiten. Es ist der Geschäftsführer L. Wagner. >Bis jetzt haben die nicht bemerkt, daß das Wasser von hier aus verunreinigt wurde. Ist auch gut so.<

Doch er sieht nicht, daß er ein kleines Fläschchen vergessen hat zu beseitigen. Auch die Putzkolonne hat das Fläschchen noch nicht entdeckt.

Es ist auch nicht sofort zu sehen. Nach dem Entleeren ist das kleine Fläschchen heruntergefallen und hinter den breiten Fuß einer Leitung gerollt. Dort liegt es nun bereits einige Stunden.

Herr Wagner überlegt und sucht sein Büro ab. >Irgendwo muß doch die verdammte kleine Flasche sein. In der Manteltasche war sie gestern nicht. Und in der Aktentasche auch nicht.<

Er schaut in den Papierkorb >Quatsch. Ich werf doch so etwas nicht einfach in den Papierkorb. Außerdem waren die Putzleute nach mir hier.< Da erschrickt er >haben die den Papierkorb gestern doch entleert. Dann könnte das kleine Ding jetzt in dem Container sein.<

Wagner verläßt das Büro, schließt die Tür ab und verläßt das Gebäude. Draußen schaut er sich um. Kein Mensch zu sehen. Dann geht er strammen Schrittes zu den Containern. Öffnet den ersten Container und beginnt mit der Durchsicht. Nichts zu finden.

Der zweite Container wird geöffnet. Herr Wagner steigt in den Container und durchwühlt auch ihn. Es riecht nicht gerade genüßlich. Eine Frau der Putzfirma kommt um die Ecke, um in den Containern die Müllsäcke zu entsorgen. Sie sieht Herrn Wagner im Container stehen.

„Was machen sie denn in dem Containern?" fragt sie ihn irritiert. „Ach wissen sie, ich vermisse etwas persönliches." „Im Container?" „Hätte ja sein können, es wäre mit im Abfall gelandet." „Was ist es denn? Dann helfe ich ihnen suchen." „Ach, ich habe ja bereits die Container durchsucht."

Herr Wagner steigt wieder heraus. Klopft seine Kleidung ab und geht zu seinem Wagen. >Im Container war sie nicht. Wo mag die kleine Flasche nur sein?< denkt er.

Die Frau der Putzkolonne entledigt sich des Mülls, geht wieder ins Gebäude und sucht ihre Arbeitssachen. Zu einer Kollegin sagt sie „Komisch. Ich habe eben Herrn Wagner in den Containern stehen sehen. Was der wohl gesucht hat." „Hast ihn denn nicht gefragt?" „Doch. Er sagte nur etwas persönliches." Die Kollegin schüttelt ihren Kopf. Dann arbeiten sie gemeinsam weiter.

Ein Auto verläßt das Gelände der Stadtwerke. Es ist bereits fast Mitternacht. Herr Wagner ist immer noch mit den Gedanken bei der Flasche, die er nicht gefunden hat.

Nach kurzer Zeit erreicht er seine Wohnung. Dort wartet bereits seine Frau. „Du kommst heute aber reichlich spät. Sag nicht du hast so lange ..." Da sieht sie, wie ihr Mann aussieht. „Schatz, wo warst du denn? Wie siehst du überhaupt aus?"

„Laß mich heute in Ruhe. Mir ist nicht gut." Herr Wagner geht ins Schlafzimmer. Entledigt sich der Kleidung und geht duschen. In der Zeit sammelt seine Frau die anrüchigen Klamotten zusammen und bringt sie zur Waschmaschine.

Nachdem Herr Wagner geduscht und Abendgarderobe angelegt hat, begibt er sich zu seiner Frau. Diese beäugt ihn. Dann fragt sie „Soll ich dir etwas zu essen machen?" „Das ist eine gute Idee. Ein bißchen essen, kann nicht schaden." Die Frau verschwindet in die Küche, während er sich ins Sofa setzt und den Fernseher einschaltet. Dort sind gerade Nachrichten.

„In Utin wurden heute morgen in den frühen Stunden mehrere tote Tiere gefunden. Ebenfalls wurde eine männliche Leiche gefunden. Was die Todesursache ist, kann noch nicht geklärt werden. Es haben sich bereits mehrere Personen im Krankenhaus gemeldet, die seltsame Schmerzen im Körper haben. Die Ärzte können noch nicht sagen, woran die Personen erkrankt sind. Die Einwohner wurden gewarnt, das Wasser aus der Wasserleitung nicht zu trinken. Es hat sich auch keiner gemeldet, der von der Stadt Geld haben will."

Herr Wagner wechselt den Fernsehkanal. Auf Nachrichten hat er keine Meinung. Seine Frau erscheint mit etwas Essen für ihren Mann. „Ich habe dir ein paar Schnitten gemacht. Auch eine Flasche Bier habe ich dabei." Sie stellt ihrem Mann das Bier hin. Dann setzt sie sich zu ihm.

„Heute wurde im Radio immer wieder gewarnt Trinkwasser aus der Wasserleitung zu nehmen. Es soll ein Virus drin sein. Weißt du da genaueres? Ich meine wegen dem Trinkwasser." „Es stimmt. Das Wasser ist verunreinigt. Was darin ist, ist noch nicht geklärt. Aber laß uns über etwas anderes sprechen."

Die Ehefrau schaut ihren Mann an. Dann sagt sie „Ach ja, du hattest heute den ganzen Tag wegen der Geschichte zu tun gehabt." Dann herrscht erstmal Stille.

Herr Wagner überlegt wo er zuletzt war, als er noch das kleine Fläschchen bei sich hatte. So lange ist das doch noch nicht her. Wo, verdammt, kann das kleine Ding nur stecken?

Seine Frau kommt noch einmal zu ihm ins Wohnzimmer „Schatz, die Apotheke hat angerufen und wollte dich sprechen.

Hast du ein Medikament gekauft? Wofür denn? Wir haben doch so viele Medikamente." „Nein, ich habe kein Medikament gekauft. Es war etwas anderes, wo nach ich gefragt hatte." „Bei der Apotheke?" „Ja. Bei der Apotheke. Ist das so schlimm?"

Frau Wagner verläßt das Zimmer wieder. Ihr Mann ist heute überhaupt nicht gut drauf. Das spürt sie. So hat sie ihn noch nie erlebt.

Die Putzkolonne in den Stadtwerken ist in der Zwischenzeit mit dem Reinigen des Gebäudes fertig. Alle verlassen die Gebäude und begeben sich zu ihren Fahrzeugen. Eine Frau sagt zu ihrer Kollegin „Komisch, als ich die Müllsäcke zu den Containern brachte, war der Herr Wagner in einem der Container. Ich hatte das Gefühl, er suchte etwas." „Hast du ihn denn nicht gefragt?" „Doch, aber er gab so eine komische Antwort." „Der Chef hatte uns ja gesagt, wir sollen hier bei den Stadtwerken vorsichtig sein. Irgendetwas scheint hier nicht zu stimmen. Und wenn uns was eigenartiges auffällt, sollen wir es ihm sagen." „Na, dann werde ich morgen dem Chef mal erzählen, was ich heute bemerkt habe."

Die Frauen erreichen ihre Fahrzeuge, setzen sich rein und fahren ab. Die Kolonnenführerin schließt alle Türen sorgfältig ab. Dann kontrolliert sie, ob auch alle Fenster geschlossen sind. Danach fährt auch sie nach Hauese.

Die kleine Flasche, die Herr Wagner gesucht hat, liegt immer noch hinter dem breiten Fuß eines Schrankes, in dem die Probegläschen für die Wasserkontrollen aufbewahrt werden.

*

Ein Kleinbus fährt auf einen Parkplatz. Die hinteren Türen öffnen sich, eine Hebebühne kommt heraus und läßt den Fahrer des Fahrzeugs aussteigen. Dann fährt die Hebebühne wieder ins Innere des Fahrzeugs und die Türen schließen sich. Der Fahrer des Fahrzeugs ist der Chef des Büros für Ermittlungen.

Ein weiteres Auto kommt auf den Parkplatz und stellt sich neben dem Kleinbus. Aus dem Pkw steigt eine Frau aus. Sie geht um den Kleinbus herum und trifft auf den Fahrer des Kleinbusses. „Moin, Chef, auch eben gekommen? Ich helfe ihnen." „Moin, Karin, was sollte die Frage denn? Könnte ja sagen, ich hätte auf dich gewartet."

Die beiden begeben sich zur Tür des Gebäudes. Kurz vor Erreichen der Tür, springt ein junger Mann an den beiden vorbei und reißt die Tür auf. „Darf ich bitten." kommt es von ihm. Der Chef schaut den Mann an. Es ist sein Mitarbeiter Lukas.

„Was ist denn heute los? Karin überrascht mich beim Auto. Lukas springt zur Tür um zu öffnen. Habe ich was verpaßt? Heute ein besonderer Tag?" „Nein, Chef, kein besonderer Tag. Bis jetzt. Kann ja noch kommen." „Wir sind heute einfach alle zur gleichen Zeit beim Arbeitsbeginn."

Lukas öffnet die nächste Tür, damit seine Kollegen durch können. „Mal sehen, was heute auf uns zu kommt." „Betreffend des Falles mit den vielen Leichen und Kranken bestimmt nichts gutes." „Hast du eine Hellseherin besucht, oder woher kommt die Ansicht?" „Nein, ich habe keine Hellseherin besucht. Ich denke mir das so." „Oh, oh..." kommt es aus Lukas Mund. Worauf er gleich eine Kopfnuß erhält. Er schaut zu seinem Chef. „Das sind meine Floskeln. Die hat kein anderer zu nehmen."

Karin schaut die beiden an und grinst. Sie weiß, was Lukas sagen wollte. Aber das läßt der Chef nicht zu. Karin hat ihren Computer eingeschaltet. Auch die anderen Computer werden hochgefahren. Jeder schaut sich die Eingänge an, die bereits eingetroffen sind.

Der Chef greift zum Telefon und wählt eine Nummer. Dann wartet er bis sich jemand meldet. „KTU hier." hört er. „Guten Morgen, Büro der Ermittlungen hier. Wir haben ihnen gestern ein paar Fläschchen gebracht. Gibt es schon Ergebnisse davon?" „Ja. Die kann ich ihnen geben. Die kleinen Fläschchen enthielten keine verdächtige Substanzrückstände. Es waren zu 90 % kleine Schnapsflaschen. Aber keine Gifteinheiten." „Naja, Schnaps ist ja auch eine Art Gift. Aber nicht die Art, die wir suchen. Und die anderen 10 %?" „Waren Urinrückstände drin." „Also, auch Fehlanzeige. Na, dann müssen wir weiter suchen. Danke." „Dafür nicht."

„NA, was hat die KTU gesagt?" „Woher weißt du schon wieder, das ich die KTU angerufen habe? Es waren alles Fehlanzeigen."

Karin kommt zu ihrem Chef „Wen ruft mein Chef denn sonst als erstes an bei so einem brisanten Fall?" „Naja, Karin, bist ja auch schon lange genug im Team."

Lukas meldet „Die Path hat eine Meldung reingegeben." „Ja, und weiter? Was meldet die?" „Das Krankenhaus hat weitere Leichen reingegeben." Der Chef nickt nur.

„Was machen wir denn nun, Chef?" fragt Lukas. „Na was denn schon. Wir suchen weiter. Und zwar nach einem kleinen Fläschchen aus einer Apotheke und nach dem Täter. Noch irgendwelche Fragen?" „Ja." sagt Karin „Kaffee, Chef?" „Das ist eine gute Frage. Die ich gleich mit einem Ja beantworte." Wenige Minuten später steht sein Kaffeebecher auf dem Tisch.

„Bekomme ich auch einen?" „Für 5 Euro." „Seit wann muß man denn hier den Kaffee bezahlen?" „Den Kaffee nicht, aber die Bedienung." Dann hat Lukas einen dampfenden Kaffeebecher vor sich stehen.

„Trinken kannst alleine? Oder ..." „Doch, Chef, das kann ich alleine. Brauche keine Hilfe." Sie widmen sich ihrer Arbeit weiter. Wieder greift der Chef zum Telefon. Nach kurzer Zeit sagt er „Moin Frau Dr. Lanz, na, was macht denn das Befinden?" „Moin, Roy, mein eigenes ist in Ordnung. Danke. Aber das der Leichen … Wo mag das bloß herkommen? Was ist das für ein Mittel?" „Ja, die Leichen spüren ja zum Glück nichts mehr. Die armen Geschöpfe haben lange genug gelitten. Wo das Zeug herkommt, kann ich sagen. Aus einem Labor. Und tödlich ist es." „Wissen sie nicht, was es ist? Womit man es bekämpfen kann?" „Was es ist, weiß ich nicht. Habe da nur eine Vermutung. Und bekämpfen kann man es nicht. Auch nicht aufhalten. Das ist ja die große Gemeinheit." „Gestern sind weitere Leichen bei mir reingekommen. Alle vom Krankenhaus." „Habe ich bereits gehört." Das Telefonat wird beendet.

Karin findet eine Email auf ihrem PC. Sie kommt von der Firma, die die Putzkolonnen für die Stadtwerke stellt. In der Mail steht drin: Gestern abend – gegen Ende der Arbeitszeit der Putzkolonne – hat eine Mitarbeiterin beobachtet, daß der Geschäftsführer in den Müllcontainern stand. Sie hatte den Verdacht, er suchte dort etwas. Sie hatte ihn angesprochen, aber eine abweisende Antwort erhalten.

Diese Meldung geben wir ihnen rüber, da es vielleicht wichtig für den Leitungswasserfall sein könnte. Mit freundlichen Grüßen Firma Putzteufel

„Chef, ich habe hier eine Email erhalten. Die stammt von der Firma Putzteufel. Könnte mit unserem Fall zusammenhängen." „Na, dann beam es mal auf meinem Bildschirm."

Lukas schaut seinen Chef an „Sind wir hier bei Enterprice? Beamen." „Naja, Lukas, irgendwie muß man das mal locker sehen. Ist schon schlimm genug die Angelegenheit." „Stimmt."

Die Nachricht der Putzfirma erscheint auf dem Monitor des Chefs. Er liest die Nachricht. >Aha, das ist ja Interessant. Und ob es für den Fall wichtig ist. Könnte ein interessanter Hinweis sein.< denkt Roy. Er schaut auf die Uhr. Es ist 10:30 Uhr. Dann schwingt er sich in seinen Rollstuhl und rollt Richtung Tür.

„Das ist aber ein flotter Aufbruch. Wo geht es denn hin?" „Schwingt die Hufe. Das Ziel erzähl ich im Auto." „Ich kann es mir denken." sagt Karin. Lukas schaut sie an, öffnet aber seinem Chef die Außentür. Schnellen Schrittes geht es zum Auto.

Der Bus setzt sich in Bewegung und ab geht es Richtung Stadtwerke. „Der Aufbruch hat mit der Nachricht der Putzfirma zu tun. Stimmt's Chef?" „Du sagst es." Die Fahrt ist nicht gerade langsam. „Ist es nicht ein wenig zu schnell? Wenn die irgendwo Blitzer aufgebaut haben." „Dann sind eben welche aufgebeut. Hauptsache nicht auf unserer Strecke." „Das kann man vorher nie wissen." „Wir müssen diesen Geschäftsführer finden."

Nach einer Fahrt von 15 Minuten erreichen sie die Stadtwerke. Lukas und Karin sind schnell ausgestiegen. „Schaut ihr nach, wo der Herr Wagner sich befindet. Ich komme nach."

Die beiden Mitarbeiter begeben sich ins Innere der Gebäude. „Guten Tag, wir wollen zu Herrn Wagner. Ist er im Hause?" sagt Lukas an der Rezeption. „Nein, Herr Wagner ist heute noch nicht im Hause. Womit kann ich ihnen dienen?" „Mit seinem jetzigen Aufenthaltsort." sagt Karin. „Tut mir leid. Den kenne ich nicht. Gestern abend, kurz vor Feierabend habe ich Herrn Wagner gesehen. Danach nicht mehr. Und heute auch noch nicht. Ich schaue mal nach, ob er etwas eingetragen hat."

Die Dame der Rezeption schaut in ihren Computer. „Nein, da ist kein Termin eingetragen. Tut mir leid." „Mir auch." sagt Lukas und dreht sich um. Er will das Gebäude verlassen. Doch Karin sagt „Dann können wir uns hier bestimmt noch etwas umschauen." Lukas schaut seine Kollegin irritiert an. „Warum das denn?"

Von der Eingangstür hört er „Vielleicht findet ihr doch noch etwas." Lukas sieht seinen Chef. Dann folgt er Karin in Richtung Büro des Geschäftsführers. „Ich habe die Spurensicherung der Kripo angefordert. Geht ihr ruhig voraus. Ich warte hier."

Die Dame an der Rezeption schaut jetzt irritiert. „Warum denn die Spurensicherung? Es wurde doch schon alles abgesucht." „Das mag sein. Aber es wurde bestimmt etwas übersehen." „Herr Wagner hat keine Nachricht hinterlassen. Also kann ich ihnen nichts sagen." „Das habe ich bereits mitbekommen. Es ist gut, das ihr Chef nicht anwesend ist. Da kann er keine Schwierigkeiten machen."

Die Eingangstür wird geöffnet und mehrere in weißen Overalls gekleidete Personen betreten das Gebäude. An ihrer Spitze ist ein Mann ohne Overall. „Guten Morgen. Ah, das Büro der Ermittlungen ist auch schon hier." begrüßt er Roy.

„Ja, wir sind schon hier. Haben eine Nachricht der Putzfirma erhalten, die mich mehr als stutzig gemacht hat." „Sonst wärt ihr nicht hier." Der Mann gibt den Männern im Overall ein Zeichen, dann wendet er sich Roy wieder zu. „Aber, warum haben wir die Nachricht nicht erhalten? Und was ist es denn?" „Warum die Kripo keine Nachricht erhalten hat, kann ich nicht sagen. Aber eine Mitarbeiterin hat gestern den Geschäftsführer in den Containern suchend gesehen. Auf die Frage, was er suche, bekam sie keine Antwort." „Aha, das ist in der Tat verdächtig. Gut, daß sie uns informiert haben." „Meine Mitarbeiter sind bereits im Büro des Geschäftsführers." „Gut. Dann werden wir noch einmal das ganze hier durchkämmen. Was eigentlich gefunden werden soll, weiß ich nicht." „Ein kleines Fläschchen, Herr Keller. Nur ein kleines Fläschchen."

Herr Keller schaut den Mann im Rollstuhl fragend an. „Was nur ein kleines Fläschchen? Und was soll da drin sein?" „Die dürfte leer sein. Aber es dürften Spuren drin sein. Und das Fläschchen könnte die Größe eines kleinen Feiglings haben." „Also eine Schnapsflasche." „Die Größe einer kleinen Schnapsflasche. Nur die Größe." „Roy, sie reden wieder in Rätseln."

Die beiden erreichen das Büro des Geschäftsführers. „Guten Morgen ihr fleißigen Spürnasen." begrüßt Herr Keller die beiden Mitarbeiter von Roy. „Schon was gefunden?" „Außer Akten und sonstiges Papier, leider nicht." „Ich gehe dann mal zu meinen Leuten." sagt Herr Keller und verläßt das Büro wieder.

Im ganzen Gebäude suchen die Leute in den weißen Overalls nach etwaigen Spuren. Sie suchen alle Büroräume durch. Gehen in die Halle der großen Wasserbehälter. Nehmen die Umkleideräume und die darin befindlichen Spinde unter die Lupe.

Einem jungen Mann fällt neben dem kleinen Schrank der Kontrollgläschen sein zweiter Handschuh herunter. Er beugt sich vor um ihn aufzuheben. Da sieht er eine kleine unscheinbare Flasche hinter einem Fuß des Schrankes liegen. Mit seiner behandschuten Hand hebt er das kleine Fundstück hoch. Betrachtet es und steckt es dann in eine verschließbare Plastiktüte. Dann sucht er schleunigst Kommissar Keller auf.

„Herr Keller, ich habe in dem Raum mit dem offenen Becken beim Schrank der Kontrollröhrchen dieses hier gefunden." Herr Keller nimmt dem Mann die verschlossene Tüte ab. „Ach schau mal einer an. Was sehe ich denn hier? Roy, schau mal, könnte das das Objekt der Begierde sein?"

Der Mann im Rollstuhl kommt heran. „Ja, wo lag die denn so lange? Das könnte die besagte Flasche sein. Genaueres können die Leute der KTU erst nach der Untersuchung sagen." „Die hat der junge Mann im Raum mit den Kontrollröhrchen auf dem Fußboden gefunden." „Dann kann man draußen auch lange suchen. Laß sie so schnell es geht untersuchen." „Wo nach speziell?" „Stoffe der Chemie." „Na das ist doch mal ein Anhaltspunkt."

Keller gibt die Tüte dem jungen Mann zurück „Sie haben gehört, was unser Privatermittler gesagt hat." Der junge Mann

68

nickt und geht so gleich zu seinem Auto. Dann fährt er direkt zum Labor der KTU.

„Roy, dann sind wir hier wohl fertig." „Mit der Sucherei scheint es ja zu stimmen. Mit dem Fall noch nicht." „Weil der Täter fehlt." Roy nickt. „Der Täter und das Motiv." „Stimmt auch wieder. Ein Motiv für die Tat haben wir auch noch nicht."

„Wir haben doch gleich am Anfang alles abgesucht. Auch in dem Raum. Das es da noch nicht gefunden wurde." sagt Kommissar Keller. „Mitunter sieht man den Wald vor lauter Bäumen nicht. Und – keiner wußte wo nach genau gesucht werden sollte. Jetzt hatten wir einen Verdacht und etwas gefunden." „Muß nur noch das Labor die Bestätigung liefern."

Einer von den weiß gekleideten Personen kommt zu Kommissar Keller „Wir rücken denn jetzt ab. Oder brauchen sie uns noch?" „Ja. Später, beim nächsten Fall. Habt ihr aber gut gemacht." Der Mann in weiß geht zu seinen Leuten und gibt Zeichen des Abrückens.

„Ja, Roy, ich werde denn auch mal in mein Büro zurückkehren. Dort ist noch jede Menge Arbeit." „Ja. Übernimm dich nicht. Wirst vielleicht noch gebraucht." „Ach, du nun wieder. Tschüß." Kommissar Keller verläßt dass Gebäude der Stadtwerke.

Roy schaut sich um und sucht seine Mitarbeiter. Von der Tür erschallt die Nachricht „Wir sind hier, Chef. Lukas ist schon beim Auto." Der Rollstuhlfahrer nähert sich der Tür. „Das ist lieb, Karin. Das du auf mich wartest." „Warum soll sich mein Chef denn quälen, wenn er es einfacher haben kann." Karin schiebt den Rollstuhlfahrer zum Auto.

Lukas schaut ihnen entgegen. „Die kleine Flasche ist gefunden. Und was machen wir nun?" „Zurück zum Büro fahren, was denkst du denn. Der Fall ist noch nicht erledigt." „Was kommt denn jetzt?" „Die Suche nach dem Täter und dem Motiv." Lukas senkt den Kopf und öffnet die Autotüren. Suche nach Täter und Motiv.

„Chef, was kann ein Mensch für ein Motiv haben, um das Leitungswasser zu verseuchen? Was muß das für ein Mensch sein, der den Tod von vielen Menschen in Kauf nimmt?"

Roy schaut seine Mitarbeiterin Karin an „Karin, der Junge wird mal ein ganz guter Ermittler. Stellt mir die Fragen, die er sich selber stellt." Karin lächelt nur. Sie kennt ihren Chef.

„Ja, Lukas, das sind gute Fragen. Was ist das für ein Mensch? Da kann es einige Ursachen geben." „Enttäuschung zum Beispiel." kommt es von Karin. Roy nickt seiner Mitarbeiterin zu. „Zum Beispiel. Erpressung ist auch ein Motiv." „Wasser vergiften als Erpressung?" fragt Lukas. „Junge, weißt du auf welche Ideen Leute kommen, um etwas zu bekommen? Was sie tun, wenn die Enttäuschung sie unfähig zum denken macht? Aber das sind nur zwei von vielen Motivarten. Um zu erfahren, was das Motiv ist, muß man sich in die Situation des Täters denken können. Und, wenn man das Motiv hat, hat man auch den Täter."

„Oder, wenn man den Täter hat, hat man auch das Motiv." kommt es von Lukas. „Das denken viele. Einen Täter haben – auch wenn es der Falsche ist, und fertig ist der Fall. Aber so einfach ist es nicht. Den wahren Täter bekommt man nur über das Motiv." Lukas schaut seinen Chef an.

„Und wer hat in diesem Fall ein Motiv?" „Tja, Lukas, das müssen wir herausfinden. Wer hat ein Motiv und ist somit der Täter. Aber Motiv ist nicht gleich Motiv der Tat." „Das verstehe ich nicht." „Nur das richtige Motiv zeigt uns den wahren Täter. Es können viele Personen ein Motiv haben. Dies aus unterschiedlichen Gründen. Aber nur einer hat ein Motiv um so eine Tat zu vollbringen. Und das Motiv gilt es zu finden. Und dann, wer hat einen Grund für das Motiv. Derjenige ist dann der Täter."

Lukas schaut seine Kollegin fragend an „Wußtest du das alles, Karin?" „Nö, muß ich ja nicht wissen. Habe ja einen, der es weiß." Lukas schüttelt seinen Kopf. Und Roy sitzt am Steuer und grinst. Er hat seine Mitarbeiterin verstanden.

Die Fahrt führt das Trio quer durch den Ort. Doch es geht nicht gleich zum Büro zurück. „Chef, das ist nicht der Weg zum Büro." „Weiß ich. Es geht jetzt erstmal ins Krankenhaus." „Sind sie krank?" „Nein. Aber es sind hier etliche Opfer unseres Falles." „Die wollen sie jetzt doch nicht besuchen?" „Nein, die nicht. Nur den behandelnden Arzt." „Und was machen wir so lange?" „Ein freundlicheres Gesicht. Spaß bei Seite. Ihr könnt ja mal mit den Opfern sprechen. Vielleicht erfahren wir da ja auch was."

Sie erreichen das Krankenhaus und begeben sich hinein. Roy fährt gleich durch ohne sich an der Rezeption zu melden. Die diensthabende Person ruft ihn laut an, doch er fährt unbeirrt weiter. Dafür gehen Lukas und Karin zur Rezeption. „Guten Tag, den lassen sie mal. Der fährt zum diensthabenden Arzt unseres Falles. Wir sind vom Büro der Ermittlungen. Wo finden wir denn Opfer der Leitungswasserseuche?"

Die Frau an der Rezeption schaut die beiden vor ihr stehenden an. Beide zeigen ihre Ausweise. Dann schaut sie dem Rollstuhlfahrer noch einmal nach. Dieser biegt gerade um eine Ecke.

„Ja, also, ich weiß jetzt nicht, ob ich ihnen das sagen darf. Die Ausweise sind wohl in Ordnung. Aber, wissen sie, wir hatten schon einmal einen Fall, daß eine Person einfach zu den Opfern wollte. Das war ein Journalist." „Das wissen wir. Der Rollstuhlfahrer eben, ist unser Chef." „Ich frage mal bei der Geschäftsleitung nach. Moment."

Die Frau schaut auf eine Telefonliste und wählt dann eine Nummer. Wenig später sagt sie „Herr Professor, hier sind zwei Leute vom Büro der Ermittlungen. Sie möchten gern zu den Opfern des Leitungswasserproblems." Nach einer kurzen Pause der Antwort sagt sie „Sie dürfen durch. Dr. Block hat gerade Besuch erhalten. Und der Professor hat mit ihm bereits gesprochen. Wir haben die Patienten auf eine gesonderte Station liegen. So daß nicht jeder mit ihnen in Berührung kommt."

Karin und Lukas erhalten noch kurz eine Wegbeschreibung und begeben sich dann auf den Weg. „Die sind aber penibel." sagt Lukas. „Für mich verständlich. Nach dem, was vorgefallen war." antwortet Karin.

Einige Minuten später haben sie die Station erreicht. Sie gehen in das erste Patientenzimmer. Dort befindet sich ein Mann mit den für den Fall typischen Symtomen. Er schaut die beiden Eintretenden fragend an.

„Wer sind sie und was wollen sie?" kommt es aus seinem Mund. Karin antwortet ihm „Guten Tag, ich bin Karin vom Büro der Ermittlungen und neben mir ist mein Kollege Lukas. Wir würden uns gern mit ihnen unterhalten." Der Mann schaut die beiden immer noch erstaunt an „Büro der Ermittlungen? Um was geht es denn?"

Karin und Lukas treten näher an das Bett des Patienten und setzen sich auf die Stühle, die sie im Zimmer gefunden haben. „Was ist mit ihnen passiert? Seit wann haben sie ihre Beschwerden?" „Ja, also ich habe Wasser aus der Wasserleitung getrunken, weil ich Durst hatte. Nach ein paar Stunden bekam ich heftige Schmerzen im Hals, dann im Magen. Es kam immer in Zeitabständen."

Karin macht sich ein paar Notizen. „Wann war es denn?" fragt Lukas. „Das war vor drei Tagen. Ich bin zu meinem Arzt gegangen. Habe ihm das erzählt. Daraufhin wurde ich hierher geschickt. Hier wurde ich gleich gründlich untersucht. Aber bis jetzt wurde nichts gefunden. Die Zeitabstände werden immer kürzer. Und es tut so schrecklich weh."

„Das glauben wir ihnen." sagt Lukas. „Wie sind sie denn hergekommen?" „Mit dem Krankenwagen." Karin notiert sich alles. „Wir werden alles unternehmen, um die Ursache des verseuchten Wassers zu finden." „Und den oder die Täter zu fassen." Dann verlassen die beiden das Zimmer.

Sie gehen von Zimmer zu Zimmer. Die Patienten haben alle Wasser aus der Wasserleitung genommen. „Karin, hast du etwas anderes gehofft, als was wir überall zu hören bekamen?" „Nein Lukas. Das habe ich nicht. Aber jetzt wissen wir, das das

Wasser jedesmal aus der Wasserleitung kam." „Ja, und die Tiere? Also ich habe noch nicht gehört, daß Wildtiere Wasser aus der Leitung trinken."

„Nein, das nicht. Aber Abwasser ist nicht Abwasser. Und auch, wenn es im Klärwerk war, die Substanz ist dann immer noch im Wasser. Und so gelangt es mit ins freie Gewässer."

„Mensch, Karin, woher weißt du das?" „Bin schon länger als ein paar Wochen beim Chef. Und da habe ich einiges gelernt und behalten."

„Das freut mich zu hören." erschallt es hinter ihren Rücken. Roy ist vom Meeting mit den Ärzten zurück. „Chef, Karin hat mir eben etwas erzählt, also, diese genauen Erklärungen ..." „Könnten von mir sein, Lukas. Ich weiß. Karin ist ja auch bereits ein paar Jährchen bei mir." Roy drückt Karins Hand im vorbeirollen.

„Wir waren bei einigen Patienten und haben mit ihnen gesprochen. Die Ursachen sind jedesmal die gleichen. Leitungswasser." „Das habe ich auch erfahren – von den Ärzten. Aber fahren wir ins Büro." „Würde lieber den Täter suchen und dingfest machen." „Da bist du nicht allein, Lukas. Selbiges wollen wir auch. Doch es bringt nichts, wenn wir durch die Gegend jagen und suchen, suchen, suchen." „Finden wir den Täter denn im Büro?" „Möglich. Aber nicht in unserem. So einfach ist das nicht." „Ach, das wär' schön." „Aufwachen, Lukas, die Realität wartet."

Die drei erreichen das Fahrzeug und machen sich auf den Weg in ihr Büro. Roys Handy klingelt. Karin greift ihrem Chef in die Tasche und holt das Handy hervor. Dann nimmt sie das Gespräch an. „Ja, Apparat des Büro f. Ermittlungen." Sie hört „Habe ich nicht das Handy von Roy angewählt?" „Doch, das ist schon richtig. Nur der Chef ist am Steuer." „Ach so, ich wollte nur fragen wo er ist." „Wir waren im Krankenhaus und sind auf dem Weg ins Büro." „Das ist gut, dann komm ich da hin." Dann ist das Gespräch beendet.

„Wer war das?" „Ihr Freund der Kommissar." „Mein Freund ..." Roy schüttelt den Kopf. „Und was wollte er?" „Hat er nicht gesagt. Das wird er dann im Büro tun." „Hoffentlich kocht er nicht Kaffee." „Wieso denn? Wäre doch praktisch. Kommen ins Büro und der Kaffee ist fertig." sagt Lukas. „Karin, ich glaub wir schicken Lukas für einen Tag ins Kommissariat." Karin nickt nur.

„Warum das denn?" „Dann bist du kuriert und nimmst nur noch unseren Kaffee."
Sie erreichen ihr Büro. Nach wenigen Minuten sind sie drin. Herr Keller erwartet sie bereits. „Guten Morgen allerseits."

Roy rollt in sein Büro und Kommissar Keller folgt ihm. „Was haben sie denn Kommissario? So früh schon unterwegs." Keller schaut auf die Uhr „Früh? Es ist 11:30 Uhr. Ja, ich wollte informieren. Meine Leute haben in den letzten Stunden einen Verdächtigen festgenommen." „So? Haben die das. Wo denn und warum?" „Sie haben ihn am Ufer des großen Sees festgenommen. Er hatte eine kleine Flasche bei sich, die er ins Wasser werfen wollte." „Naja, das wäre Umweltverschmutzung gewesen." „Roy, er hatte eine kleine Flasche bei sich. Die wird jetzt untersucht." „Wir haben doch die gesuchte Flasche. Dann kann es die vom Festgenommenen nicht mehr sein."

Kommissar Keller tritt von einem Fuß auf den anderen. „Wenn es nun doch eine zweite Flasche gibt. Was dann?" „Kann ich mir nicht denken. Wir müssen den Täter finden und sein Motiv erfahren." „Ja, da sind wir doch bei. Einen Verdächtigen haben wir ja. Und den nehmen meine Männer gerade durch. Der wird schon verraten, was er vorhat."

„Kommissar Keller, woran erkennen sie den Täter? Zugegeben, dieser Fall ist nicht einfach. Aber es muß genau alles geprüft werden. Was sagt denn der Bürgermeister? Hat seine Verwaltung eine eigenartige Forderung erhalten oder ähnliches?" „Was soll das denn jetzt, Roy? Haben sie den Bürgermeister in Verdacht?" „Nein, der ist genauso unschuldig, wie ihr Verdächtiger. Aber, wenn die Verwaltung, egal welches Resort, eine eigenartige Forderung erhalten hat, dann ist das ein Anhaltspunkt." „Sie meinen doch nicht, daß die Verwaltung erpreßt wird. Von wem das denn?" „Von unserem Täter der verseuchten Wasserleitung."

Der Kommissar geht nun im Büro hin und her. „Da kann was dran sein. Ich werde mal gleich meine Leute informieren." „Kommissario." Keller dreht dich dem Sprecher zu „Ja?" „Lassen sie den armen verdächtigen Wurm wieder frei." „Was soll ich ..." Keller überlegt kurz „Ach so, ja, den lassen wir wieder laufen. Tschüß." Dann verläßt der Kommissar die Räumlichkeiten.

„Was hat der denn?" kommt Karin mit einem Becher Kaffee. „Ins Klo gegriffen." „Wie das denn?" „Hat einen Verdächtigen festgenommen, der gar nichts mit dem Fall zu tun hat. Nur weil er eine kleine Flasche Feigling in der Hand hatte."

„Woher wissen sie das es eine Flasche Feigling war?" kommt es von Lukas. „Ein Flachmann ist größer, Lukas. Und wer einen richtigen Flachmann hat, der wirft die Flasche nicht weg." „Was macht er denn damit?" „Auffüllen."

Karin war schon wieder zu ihrem Platz zurück, da hörte sie „Danke, Karin."

*

Herr Wagner wacht allmählich auf. Er schaut sich um, da er nicht in seinem Bett liegt. Er erkennt das Sofa, auf dem er liegt, das Wohnzimmer seines Hauses. >Warum liege ich denn hier und nicht im Bett'?< überlegt er.

Sein Blick sucht die Uhr. Findet sie auf dem Wohnzimmerschrank. Es ist bereits 12 Uähr Mittags durch. Seine Gedanken sind noch nicht klar. >Wieso habe ich so lange geschlafen? Wo ist Maria?<

Herr Wagner steht langsam auf, geht ins Bad. Auf dem Weg dort hin, kommt er an der Tür zur Küche vorbei. Ein kurzer Blick in die Küche sagt ihm, sie ist leer. Im Bad braucht er gut 15 Minuten. Dann ist er mit allem fertig. Er geht in die Küche, an den Kühlschrank um etwas essbares zu finden.

Von seiner Frau ist weit und breit nichts zu sehen. >Naja, ist sie im Ort einkaufen. Auch gut.< Auf dem Küchentisch liegt die neueste Ausgabe der Tageszeitung. Herr Wagner schaut kurz auf die Zeitung und will sich schon abwenden. Doch sein Blick bleibt auf großen Buchstaben haften.

'Geschäftsführer der Stadtwerke durchsucht Container' liest er. Erstaunt greift er zu der Zeitung, um den Artikel genau zu lesen. >Wie kommen die zu diesen Erkenntnissen? Woher wissen die von der Presse von seinen Containeraktivitäten? Hat die von der Putzfirma etwa den Journalisten davon erzählt? Immerhin ist sie die einzige, die ihn dort gesehen hat.<

Dann denkt er wieder an die kleine Flasche, die er verloren hat. Das war auch der Grund seines Containertanzes. >Wo mag die verdammte kleine Flasche nur sein?< Er muß die Flasche finden, bevor die Schnüffler sie finden.

Die Haustür geht auf. Frau Wagner kommt von ihrer Shoppingtour zurück. Sie geht in die Küche und sieht ihren Mann mit der Zeitung in der Hand dort stehen. „Hallo." sagt sie kurz. Dann stellt sie ein paar Tüten in der Küche ab. Sie schaut ihren Mann an „Was hast du? Stierst da in die Zeitung." „Da steht drin das ich bei den Stadtwerken im Container etwas gesucht hätte. Wie kommen die dazu so etwas zu veröffentlichen?" „Ist denn ein Bild dabei?" „Das fehlte noch. Es ist so schon schlimm genug."

Herr Wagner nimmt die Zeitung mit und geht ins Wohnzimmer. Dort greift er zum Telefon, wählt die Nummer der Zeitung und wartet. „Ok Nachrichten, was kann ich für sie tun?" meldet sich eine Stimme. „Wagner hier, ich hätte gern den Chefredakteur aber schnell." „Moment, ich schau mal ob er im Büro ist." Dann erschallt ein wenig Musik in Herrn Wagners Ohr.

Nach einer fünfminütigen Wartezeit meldet sich die Stimme

wieder „Es tut mir leid. Der Chefredakteur ist nicht im Hause. Kann ich ihnen weiterhelfen?" „Wie kommt ihr Blatt dazu zu veröffentlichen, daß der Geschäftsführer der Stadtwerke im Cointainer etwas gesucht hätte?" „Ja, das kann ich ihnen nicht erklären. Da müssen sie noch einmal versuchen den Chefredakteur zu erreichen." „Und wann ist er wieder im Hause?" „Das kann ich ihnen leider nicht sagen." Das Gespräch ist beendet.

Es brodelt in Herrn Wagner. Er hat den Chefredakteur nicht erreicht. Und alle haben es in der Zeitung gelesen. Woher hat die Zeitung die Kenntnis? Hat die Putzfrau, die ihn gesehen hat, es der Presse mitgeteilt?

Seine Frau erscheint im Wohnzimmer. „Na, was sagt die Zeitung zu dem Artikel?" „Der Redakteur war nicht im Hause. Soll wieder anrufen." „Wieso schreiben die denn so etwas? Warst du denn im Container? Und was hast du gesucht?" „Ich habe gar nichts gesucht. Und was soll ich im Container? Bin ich Obdachloser, der etwas essbares sucht?"

Frau Wagner setzt sich ins Sofa. „Die können doch nicht einfach so einen Artikel veröffentlichen. Das ist ja schon Rufmord. Hast du denn schon mit unserem Rechtsanwalt gesprochen?" „Nein, habe ich nicht. Habe es ja selbst erst vor kurzem gefunden. Aber ich werde gleich mal anrufen." Er geht wieder zum Telefon.

Nachdem er die Nummer des Rechtsanwalts gewählt hat, wartet er ein wenig. Dann hört „Kanzlei Hoffmann. Was kann ich für sie tun?" „Wagner hier. Ich hätte gern mal den Rechtsanwalt gesprochen. Es ist dringend." „Herr Hoffmann ist zur Zeit mit einem Klienten beschäftigt. Um was geht es denn?" „Das erzähle ich ihm selber. Es wäre schön, wenn er heute noch zurückruft." Dann legt Herr Wagner den Hörer wieder auf. Zu seiner Frau sagt er „Der Rechtsanwalt ist mit einem Klienten im Gespräch."

Frau Wagner nimmt die Zeitung und liest den Artikel erneut. „Da steht nicht drin, woher die Zeitung die Information hat. Nur, daß du dabei gesehen wurdest. Da müssen wir mal rausbekommen, wer dich beobachtet hat." „Eine Frau der Putzfirma kann das nur gewesen sein."

„Sonst keiner? Kann doch jeder auf das Gelände. Wo stehen die Container denn?" „Am Ende des Parkplatzes." „Wo ein paar Büsche sind?" „Ja." „Dann kann doch auch ein anderer es beobachtet haben, der hinter den Büschen war." „Wer versteckt sich den so spät hinter den Büschen bei den Stadtwerken?" „Der dir eins auswischen will."

Herr Wagner schaut seine Frau an. „Wer soll mir denn eins auswischen? Und warum?" „Der, der das Leitungswasser verseucht hat. Und weil er dich vielleicht erpressen will." Herr Wagner geht zur Getränkebox und nimmt sich einen Cognac. Dann geht er zum Sofa und setzt sich neben seine Frau.

Ohne ihren Mann anzuschauen fragt Frau Wagner „Warst du wirklich in dem Container? Und weshalb? Hast du guter Letzt wirklich etwas mit dem Wasserskandal zu tun?" Herr Wagner hört die Fragen seiner Frau. Gibt aber keine Antwort.

Nach einiger Zeit steht Frau Wagner auf und geht aus dem Wohnzimmer. Ihr Weg führt sie auf die Terrasse raus. Sie kann das Schweigen nicht ertragen. >Was hat meinem Mann dazu getrieben das Leitungswasser zu verseuchen? Warum?< Sie kann keine Antwort finden. Sie setzt sich auf die Hollywoodschaukel und beginnt zu weinen.

Derweil wartet Herr Wagner im Wohnzimmer auf den Rückruf des Rechtsanwalts. Dann klingelt das Telefon. Mit schnellen Schritten ist er am Telefon. „Ja, Wagner." „Rechtsanwalt Hoffmann. Was ist ihr Problem Herr Wagner? Was gibt es, daß sie meiner ReNo-Gehilfin nicht erzählen können?" „Na endlich. Heute steht in der Zeitung, daß ich bei den Stadtwerken in den Containern etwas gesucht hätte. Das ist eine Schweinerei. Eine Verleumdung. Wer hat der Presse das mitgeteilt? Das müssen sie herausfinden, Herr Hoffmann." „Ich habe den Artikel auch gelesen, Herr Wagner. Wer das der Presse mitgeteilt hat, weiß ich noch nicht. Doch das werden wir herausfinden." „Und dann die Person verklagen." „Erst mal die Person finden. Dann sehen wir weiter."

Herr Wagner beendet das Gespräch. >So, der Anwalt wird ermitteln. Und dann wird die Putzfrau sehen, was es heißt einen Herrn Wagner schlecht zu machen.< Herr Wagner ist mit sich zufrieden.

Seine Frau kommt von der Terrasse wieder rein. „Na, was sagt der Anwalt?" fragt sie. „Er kümmert sich um den Fall." Herr Wagner verläßt den Raum. Sie schaut sich den Artikel noch genau an. Da findet sie einen Namen unter dem Artikel. >Aha, das muß der Reporter sein, der den Artikel geschrieben hat.<

Frau Wagner geht zum Telefon, wählt die Nummer der Zeitung und wartet das sich jemand meldet. Nach kurzer Zeit hört sie

„Hier ist die Telefonzentrale des Ok-Anzeigers. Was kann ich für sie tun?" „Guten Tag, ich hätte gern Herrn Kurz gesprochen." „Ich werde mal sehen, ob Herr Kurz noch im Hause ist." Dann hört Frau Wagner ein bißchen Musik. Nach kurzer Zeit meldet sich Herr Kurz „Kurz hier. Was kann ich für sie tun?"

Frau Wagner nimmt allen Mut zusammen und sagt „Ich bin Fau Wagner. Sie haben einen Artikel über den Geschäftsführer der Stadtwerke geschrieben. Woher haben sie die Geschichte? Ich meine, haben sie das persönlich gesehen?" Als Antwort kommt nur Piep, piep, piep. Der Reporter hat seinen Hörer wieder aufgelegt.

Frau Wagner ist enttäuscht. Sie wollte dem Reporter ja gar nicht den Marsch blasen, sondern nur wissen, woher er die Informationen hat. >Schade.< denkt sie.

Herr Wagner verläßt sein Haus, steigt in seinen Mercedes und fährt davon. Sein Ziel ist erst mal raus in den Wald. Er muß nachdenken. Nachdenken über weitere Schritte. Das Leitungswasser ist verseucht. Das kann man nicht wieder rückgängig machen. Dann sind seine Gedanken wieder bei der kleinen Flasche. Wo mag dieses verdammte kleine Ding nur stecken? Zu Hause ist sie nicht. Dort hätte seine Frau sie gefunden. Er muß sie irgendwie im Betrieb verloren haben. Aber wo?

Er steuert sein Auto raus aus der Stadt. Waldgebiete gibt es genug. Doch die sind alle zu dicht am Ort. Nach wenigen Minuten hat er ein kleines Dorf erreicht. Das Tempo wird reduziert. >Bloß nicht auffallen.< denkt er. Dann ist er durch das Dorf und hat wieder freie Fahrt.

Es dauert eine ganze Weile bis Herr Wagner einen Wald gefunden hat, an dem er verweilen kann. >Wo mag nur die verdammte kleine Flasche sein? Wurde die etwa bereits von der Polizei gefunden?< Seine Gedanken gehen immer hin und her. >Was können die anhand der Flasche feststellen? Seine Fingerabdrücke. Und sonst? Hat das Mittel Rückstände hinterlassen? Es dürften keine Rückstände vorhanden sein. Man kann ja nicht feststellen, was dort drin war.<

Sein Weg führt ihn entlang eines breiten Weges, der den Mann mitten in den Wald gehen läßt. Hier ist kein Mensch, der ihn bei seinen Gedanken stört. Der ihn unangenehme Fragen stellt. Sein Gang ist ruhig.

*

In der KTU wurden Spuren entdeckt. „Ach, schau doch mal einer an. Was sehen meine Augen? Einen Fingerabdruck. Dann wollen wir doch mal sehen von wem er abstammt." sagt einer der Mitarbeiter.

Vorsichtig wird eine Probe des Fingerabdrucks genommen. Dann unter das Mikroskop gelegt. Nach kurzer intensiver Arbeit steht fest: es ist der Abdruck eines Zeigefingers. Und zwar von der linken Hand. Nur von wem der Zeigefinger ist, das wissen die noch nicht.

Der Mitarbeiter der KTU ruft Kommissar Keller an. „Moin, Herr Keller. Ich habe hier einen Abdruck von einem Zeigefinger an der kleinen Flasche gefunden." „Na, das ist doch schon etwas. Wem der Zeigefinger gehört, habt ihr noch nicht herausgefunden?" „Nein, wir können doch nicht hexen. Aber die Probe ist zur Zeit im Computertest. Hoffentlicht ist der Besitzer des Fingers in unserer Kartei." „Das wäre wahrhaftig ein Wunder. Denn so einen Fall hatten wir noch nicht. Aber sucht mal schön." Dann ist das Gespräch beendet.

>Wer könnte Interesse haben das Leitungswasser zu verseuchen? Und warum?< überlegt Herr Keller. Und mit dieser Frauge ist er nicht allein.

Auf dem Hausflur sind plötzlich Stimmen hörbar. Eine männliche Stimme sagt „Sie können hier nicht einfach so herumspazieren wie es ihnen beliebt. Sie haben sich unten an der Pforte anzumelden und werden dann zu der entsprechenden Person geführt." „Wie sie sehen, bin ich hier vor der Tür zu Kommissar Keller. Und da werde ich jetzt hineingehen. Ob es ihnen paßt oder nicht."

Herr Keller öffnet seine Bürotür und sieht den Grund des Lärms vor seiner Bürotür. Er nickt dem Pförtner zu und sagt dann zu der Frau „Ja, Frau Wagner, da hat unser Pförtner leider Recht. Sie können hier nicht ein und ausgehen, wie es ihnen beliebt. Aber da sie ja nun hier sind, kommen sie rein. Was ist der Grund ihres Erscheinens?"

Frau Wagner betritt das Büro. „Herr Kommissar, mein Mann wird verdächtigt in den Containern der Stadtwerke etwas gesucht zu haben. Das ist ungeheuerlich." Kommissar Keller zeigt auf einen Stuhl „Setzen sie sich Frau Wagner. Ich habe auch die Zeitung gelesen. Und kann ihnen sagen, von uns hat die Presse derartige Informationen nicht erhalten. Das muß also von anderer Seite geschehen sein."

Frau Wagner schaut den Kommissar erstaunt an. „Aber woher kann die Presse denn so etwas erfahren?" „Ooch, da gibt es mehrere Möglichkeiten. Einmal, es ist ein Journalist selbst vor Ort und bekommt das mit. Dann wäre es möglich, daß jemand von der Putzfirma es mitbekommen hat und dies dann an die Presse geleitet hat. Ferner können Passanten, die am Grundstück vorbeigegangen sind, es beobachtet haben und der Presse mitgeteilt haben. Von den ermittelnden Gremien, und da schließe ich mal das Büro der Ermittlungen mit ein, sind derartige Darstellungen nicht gefallen."

Frau Wagner ist nun völlig irritiert. „Büro der Ermittlungen? Ist das nicht ein Privatdetektiv? Der arbeitet auch an dem Fall?" „Ja, Frau Wagner, das ist ein Privatdetektiv mit seinem Team. Und ich muß sagen, ich als leitender Kommissar, bin froh, daß Roy mit seinen Leuten mitermittelt. Und wir tauschen uns aus. Was nicht überall der Fall ist."

Die Frau schaut vor sich runter. „Jetzt habe ich mal eine Frage. Wo ist ihr Mann denn jetzt? In seinem Büro bei den Stadtwerken ist er nicht. Dort habe ich angerufen. Wo ist ihr Mann?" Frau Wagner schaut Herrn Keller an „Das weiß ich nicht. Er ist vorhin einfach wortlos weggefahren. Wohin weiß ich wirklich nicht."

Herr Keller hat während der Antwort der Frau in die Augen gesehen. Nein, die Frau vor ihm weiß wirklich nicht, wo ihr Mann ist. „Ich glaube ihnen, Frau Wagner. Wissen sie denn, ob er etwas mit dem Fall zu tun haben könnte?"

Frau Wagner schüttelt den Kopf. „Das kann ich ihnen auch nicht sagen." „Kann ich sonst noch etwas für sie tun?" fragt

Herr Keller. Wieder schüttelt die Frau vor ihm den Kopf. Dann erhebt sie sich und verläßt das Büro.

>Arme Frau.< denkt der Kommissar. Dann klingelt das Telefon. „Ja, Keller hier." meldet er sich. Es ist ein Mitarbeiter der KTU am Telefon. „Wir haben in der kleinen Flasche aus den Stadtwerken etwas gefunden. Wenige Monuküle zwar, aber es könnte wichtig sein." „Und was sagen uns die Monuküle? Kann man daran erkennen, um was für ein Mittel es sich handelt?" „Da sind unsere Chemiker am arbeiten. Das ist gar nicht so leicht." „Davon bin ich ausgegangen. Wo kommt die Flasche denn her? Ich meine, wer sie euch gebracht hat?" „Die Flasche wurde in den Stadtwerken gefunden. Und zwar dort, wo die Reagenzgläser für die Wasserproben im Schrank sind." „Und wer hat sie euch nun gebracht? Einer von den Stadtwerken wohl kaum." „Ne, gebracht hat einer von unseren Kollegen." Das Gespräch wird beendet.

Kommissar Keller greift zum Telefon, wählt eine Nummer und wartet. Nach kurzer Zeit hört er „Büro der Ermittlungen, sie sprechen ..." „Moin, Karin, Keller hier. Ist eure gute Spürnase auch im Hause?" „Unsere gute was?" hört er. „Na, euer Chef. Der hat doch eine gute Spürnase." „Ja, der ist im Büro. Ich stell mal durch."

Es dauert eine kleine Zeit. Dann hört der Kommissar „Wuff, hier spricht die Spürnase. Was gibt es denn so unwichtiges?" „Naja, den Humor hast ja noch nicht verloren. Die KTU hat mir berichtet, das Monuküle sichergestellt wurden. Es scheint aber Wasser zu sein." „Natürlich ist da Wasser drin, aber mit Zusatz. Kein Badesalz." „Sondern?" „Eine Chemikalie, die die Organe auffrißt." „Du redest jetzt nicht von Allien oder so?"

86

„Nein. Eine Chemikalie, die die Organe auffrißt. Es gibt kein Gegenmittel." „Na herrlich. Das sind ja gute Aussichten. Kein Gegenmittel." „Ich kann nichts dafür. Habe es nicht entwickelt." „Und wo bekommt man so ein Zeug?" „Ooch, das ist nicht schwer. In jeder Apotheke."

Kommissar Keller muß heftig schlucken. „Noch da, Kommissario?" „Ja. Bin noch da." kommt es etwas schwächlich. „Doch nicht etwa ein Schlückchen aus der Flasche genommen." „Nein, die ist bei den Chemikern. Mußte nur so schlucken von dem Gehörten. Du weißt nicht zufällig, wie das Mittel heißt?" „Wissen tue ich es nicht. Aber ich habe eine Vermutung." „Na, jedenfalls etwas." „Wer von euch hat es denn gefunden? Die Flasche meine ich." „Das war einer deiner Leute vom KTU."

>Was würde ich machen, wenn ich Roy und seine Leute nicht hätte?< überlegt der Kommissar. Dann klingelt sein Telefon. „Ja. Keller am Apparat." „Hier ist die KTU, Labor. Ich denke, wir haben das Mittel, das in der Flasche war, herausbekommen." „Und? Was ist es? Spannt mich nicht so auf die Folter." „Es ist ein Mittel, für das es kein Gegenmittel gibt. In der Flasche ist es durchsichtig. In Getränken nicht sichtbar. Man schmeckt es nicht." „Will es ja nicht essen. Nur wissen, wie es heißt." „Wenn ich mich nicht irre, wäre es Amnilrof."

Kommissar Keller muß wieder schlucken. „Noch da, Kommissar?" „Ja, ich bin noch da." kommt es etwas heiser. „Mußte nur heftig schlucken." „Schon verstanden. Ich bekam auch große Pupillen, wie ich das erkannt habe." „Danke für die Info. Gute Arbeit. Dann werde ich mal Roy informieren."

Kommissar Keller nimmt wieder den Hörer zur Hand und will gerade wählen, da öffnet sich die Bürotür und seine Sekretärin erscheint. „Ich habe frischen Kaffee gemacht. Möchten sie eine Tasse haben?" „Ja, Alice, den kann ich gut gebrauchen." Alice verläßt den Raum und Keller wählt die Nummer des Büro für Ermittlungen. Nach kurzer Wartezeit hört er „Hier Büro für Ermittlungen. Sie spr..." „Ich weiß, wer dran ist Karin." sagt Keller. „Ist ..." „Ja, er ist im Büro. Ich stell durch." Wieder kurze Pause.

„Na, Kommissario, hast Sehnsucht nach mir?" „Ne, das nicht gerade. Habe eben Nachricht von der KTU, Labor erhalten. Die haben die Moleküle identifiziert." „Aha. Dann mal raus mit dem Namen." „Es ist ein Mittel, das keine sichtbaren Spuren hinterläßt. Man kann es nicht sehen und nicht schmecken." „Kommissario, das weiß ich doch alles schon. Was sagt das Labor zum Namen des Mittels."

„Ach ja, Roy weiß ja alles. Sie sagen, es heißt Amnilrof." „Also doch." hört Kommissar Keller. „Was, also doch?" „Was ich mir bereits gedacht habe. Das heimliche Mittel aus den 80er Jahren. Mit dem damals Feldmäuse getötet wurden." „Wie? Es wurde da schon für Mord benutzt?" „Damals wurden im Strandbad tagsüber die Feldmäuse am Strand eingefangen. Und abends wurden sie mit dem Mittel beseitigt." „Pfui, Deibel." „Ne, der war nicht dabei." „Bist du dir sicher? Und wo bekommt man das Mittel?" „In jeder gängigen Apotheke. Vorteil man kennt den Betreiber." „Ich sag ja, Roy weiß alles." „Noch Fragen? Sonst wollte ich gern mal irgendwo hin." „Dann aber flott. Wollte nur das Ergebnis des Labors bekanntgeben." Das Gespräch wird beendet.

Roy lehnt sich nach der Information des Kommissars in seinem Bürostuhl zurück. >Habe ich also Recht gehabt. Da hat sich doch einer das Mittel aus der Apotheke geholt. Aber wer? Das ist jetzt die Frage.< Er setzt sich wieder arbeitsmäßig hin und ruft seine Kollegin „Karin, weiß man wo der Geschäftsführer der Stadtwerke ist?" Karin kommt in sein Büro. „Nein, das weiß noch keiner. Er ist seit heute morgen verschwunden." „Oh, daß ist aber gar nicht gut für den Herrn Wagner. Einfach verschwinden."

„Das macht ihn sehr verdächtig." kommt es aus dem Nebenraum. „Hör mal, Karin, da hat jemand ein Statement abgegeben." Karin grinst und nickt nur.

„Na, Lukas, willst ihn nicht suchen?" „Wo denn? Im Heuhaufen? Das ist doch keine Stecknadel." „Ich dachte, Lukas könnte Leute, die verschwunden sind, finden. Habe ich mich wohl vertan." sagt Roy. „Wo könnte man denn mit der Suche anfangen?" „Hier im Büro nicht. Er war nicht hier." sagt Karin.

Lukas schaut seine Kollegin an. „Im Krankenhaus auch nicht. Er hat bestimmt nicht von dem Wasser getrunken." „Also, fang mal bei seinem Haus an mit der Suche." sagt Roy. „Allein?" „Ja. Oder hast Angst? Das darf man in diesem Job nicht haben. Respekt ok, aber keine Angst." „Und wenn er mich angreift?" „Na, wehren wirst dich wohl noch können. Oder hast keine Kräfte?" „Ich habe keine Schußwaffe." „Ich auch nicht."

Lukas geht in das Zimmer seines Chefs. „Und wie soll ich einen Angriff abwehren?" „A la Arnold Schwarzenegger. Mit deiner Körperkraft." „Oder Marke Karate Kid." sagt Karin. „Sag nicht, du kannst Karate. Karin." „Kostprobe?"

„Lukas, wir als Ermittler dürfen keine Schußwaffen tragen. Mit Kampfsportarten uns wehren, ja. Aber keine Schußwaffen." Der junge Mann schluckt. „Ich war mal eine Zeit im Boxtraining. Aber das ist lange her." „Na, jedenfalls etwas. Verpaß ihm ein Veilchen. Und du hast ihn im Griff. Fesseln darfst du ihn. Aber nicht schießen."

Karin singt leise 'Hau mir doch bitte nicht immer auf die Lippe. Hau mir doch nicht immer auf den Mund. Das ist so ungesund.' "Hörst du, Lukas? Verpaß dem Flüchtigen notfalls ein paar heiße Ohren. Dann hast vielleicht Zeit, ihm die Hände zu binden."

>Schöne Aussichten sind das.< denkt der junge Mann. „Chef." „Was ist denn noch?" „Wie wehren sie sich eigentlich?" „Kannst mich ja mal angreifen." Karin lacht laut los. Lukas schaut irritiert zur ihr. „Was ist denn jetzt schon wieder?" fragt er. „Ich seh dich schon am Boden liegen. Und das mit schmerzenden Armen." Lukas schüttelt den Kopf. „Der Chef kann Karate, Lukas." „Ich mach mich auf die Suche nach dem Geschäftsführer." „Mach das, Lukas." kommt es vom Chef.

„Karin, wie geht der Song denn weiter?" „Welcher Song, Chef?" „Den du eben gesungen hast." „Weiß ich nicht. Fiel mir nur ein, weil Lukas vom Boxen sprach." „Ob Lukas eine Spur findet?" „Mag sein, kann aber auch sein, daß er nichts findet." „Dann muß der Chef wieder selber ran." „Also wünschen tu ich es ihm. Er muß auch mal Erfolge vorweisen. Das ermutigt ihn."

Beide schauen weiter auf ihre Computer und nach entsprechenden Nachrichten.

*

Es ist eine halbe Stunde vergangen, seit Lukas sich auf die Suche nach Herrn Wagner gemacht hat. Da klingelt das Telefon bei Karin. „Büro für Ermittlungen. Sie ...“ „Ich weiß, wer am Apparat ist. Hier ist Lukas. Bin mit meinem Wagen aus der Stadt in Richtung Strand unterwegs.“ „Wie? Du bist auf dem Weg zum Strand? Sollst doch den Flüchtigen suchen.“ „Ja, eben. Deshalb bin ich ja in dieser Richtung. Man hat mir gesagt, daß der Herr Wagner mit hohem Tempo in Richtung Strand gefahren ist.“ „Ach so, ich dachte Lukas fährt zum Strand und macht ein auf faule Socke. Ich werd es dem Chef mitteilen.“ „Über dein 'ich dachte' reden wir, wenn ich wieder da bin.“ Dann ist das Gespräch beendet.

„Na, was sagt denn unser Suchhund?“ „Der ist unterwegs in Richtung Strand.“ „So. Was will er da denn?“ „Herr Wagner soll in die Richtung gefahren sein.“ „Aha. Na, hoffentlich, findet er ihn dort auch.“

Lukas erreicht den Strand an der Ostsee. Es ist ein kleines lang gezogenes Dort. Dann entdeckt er den Wagen von Herrn Wagner. >Na, sieh an. Da steht ja das Fahrzeug, das ich suche. Jetzt noch den Fahrer finden. Und die Suche hat ein Ende.< denkt er. Lukas sucht einen geeigneten Parkplatz und läßt bei der Suche das Fahrzeug von Herrn Wagner nicht aus dem Blickwinkel. Nach wenigen Minuten steht er drei Stellflächen hinter dem Wagen des Flüchtigen. Lukas steigt aus und schaut sich um.

„Suchen sie etwas?“ fragt eine Stimme neben ihm. Er schaut den Sprecher an. Da ist er überrascht. Neben ihm steht Herr

Wagner. Lukas schaut den Mann an und antwortet dann „Ja. Sie. Warum sind sie aus der Stadt gefahren?" „Ich muß ihnen das nicht erzählen. Aber da sie ja meine Gesellschaft gesucht haben, gehen wir beide mal dort hinüber." Herr Wagner zeigt mit dem Kopf in eine Richtung.

Die beiden gehen über die Straße in Richtung eines kleinen Cafes. Dabei sagt Herr Wagner „Dich kenne ich doch. Gehörst doch zu diesem Schnüfflerbüro. Büro für Ermittlungen." „Ja und?" „Warum bist du mir gefolgt? Findet lieber heraus, wer das Wasser verseucht hat." „Sagen sie mir, warum sie aus der Stadt gefahren sind."

Die beiden erreichen ein kleines Cafe. Gehen durch die Eingangstür und gehen weiter durch das Lokal. „Was haben sie vor? Ich rate ihnen, machen sie keinen Fehler, den sie bereuen müssen."

Lukas wird durch eine weitere Tür geschoben. Dann geht es abwärts in den Keller. „Wohin gehen wir?" „Du wirst dort sein, wo du mich nicht stören kannst." >Was hat der mit mir vor?< geht es Lukas durch den Kopf. Dann stehen sie wieder vor einer verschlossenen Tür. Lukas ahnt nichts gutes.

Obwohl der Mann hinter ihm eine Pistole hat, dreht er sich plötzlich um und schlägt dem Mann ins Gesicht. Herr Wagner ist überrascht. Sein Schuß geht an die Decke. Die Faust hat seine Nase getroffen. Blut läuft aus der Nase. Schmerzen treten schnell auf. Herr Wagner tastet nach seiner Nase. Sie ist gebrochen.

Jetzt schaut er auf den Mann, der ihm das beigebracht hat.

Langsam hebt er die Hand mit der Pistole. „Das wirst du bü-ßen. Mir die Nase zu brechen." Lukas schaut ganz ruhig auf die Hand mit der Pistole. Und bevor sie richtig das Ziel erfaßt hat, tritt Lukas mit dem rechten Fuß zu. Die Pistole verläßt die Hand des Geschäftsführers und fliegt etwas abseits.

Lukas greift in seine Jackentasche und holt ein 1 Meter langes Seil heraus. Dann dreht er Herrn Wagner die Arme auf den Rücken und bindet sie zusammen. Jetzt geht er zu der Pistole und hebt sie mit einem Taschentuch auf. Wickelt sie im Taschentuch ein und steckt sie in seine Innentasche.

„So, mein Freund, jetzt werden wir wieder hochmaschieren und dann werde ich die Polizei anrufen." Jetzt schiebt Lukas Herrn Wagner vor sich die Treppe hoch. Öffnet die Kellertür, schiebt den Gefangenen in eine Ecke, wo er nicht stört. Dann nimmt er sein Handy und ruft die Polizei an.

Wenige Minuten später bekommt Kommissar Keller einen An-ruf. „Ja, Keller." Was er dann hört, verschlägt ihm die Sprache. „Danke, für die Nachricht. Ich werde gleich hinfahren." sagt er. Legt kurz den Hörer auf, um ihn dann wieder in die Hand zu nehmen. Schnell wählt er die Nummer und wartet.

„Büro ..." „Ja, ich weiß, Karin. Euer Mitarbeiter hat einen Gefangenen gemacht. Ich fahre jetzt zum Strand." „Ich sag dem Chef Bescheid. Sicher werden wir auch kommen." Dann ist das Gespräch beendet.

Karin wendet sich dem Büro ihres Chefs zu, da kommt er bereits aus dem Raum. „Was ist passiert? Ich habe nur gehört 'sicher werden wir auch kommen'." „Lukas ist fündig geworden. Hat den Flüchtigen gefesselt und wartet auf die Polizei."

Auf dem Weg zum Auto fragt Roy „Hat Lukas Schwierigkeiten gehabt? Wo ist er denn überhaupt?" „Frage 1: weiß ich nicht. Frage 2: er ist am Strand in einem Cafe. Kommissar Keller hat angerufen und ist auf dem Weg dorthin." „Wir auch. Schließlich muß man ja seinen Mitarbeiter betrachten – mit seinem ersten Fang."

Sie erreichen ihr Fahrzeug, steigen ein und fahren los. Es dauert nicht lange bis sie am Ziel sind. Karin schaut auf die Uhr. „So eine Fahrt kenne ich gar nicht von meinem Chef," „Bin früher mal Autorennen gefahren." „Habe ich gemerkt. Aber gut, wenn man weiß, wie man fahren kann."

Beide kommen ins Cafe. Kommissar Keller ist mit seinen Leuten bereits dort. Karin raunt ihrem Chef zu „Die waren noch schneller." „Hatten ja auch blaue Lämpchen und Tatütata. So was haben wir nicht."

„Ah, Roy ist auch schon da. Also dein Mitarbeiter ist ja spitze. Findet den Geschäftsführer, haut ihm eins auf die Nase, kickt die Waffe weg und bindet ihm die Hände." „Der hat mir die Nase gebrochen." schreit Wagner auf. „Das ist Körperverletzung. Der gehört in Knast."

Roy und Kommissar Keller winken nur müde ab. „Woher wußtet ihr, daß er hier ist?" fragt der Kommissar. „Wußten wir gar nicht. Lukas ist losgefahren um Spuren zu suchen. Dabei hat er das wohl von Leuten erfahren."

Lukas tritt an die drei heran. „Woher wußtest du, wo er ist?"
„Wußte ich gar nicht. Ich habe in der Stadt Leute gefragt. Und
da habe ich das erfahren. Habe es auch gleich dem Büro mitgeteilt." „Stimmt. Hat er." bestätigt Roy. Und Karin nickt .

„Na, jedenfalls haben wir den flüchtigen Geschäftsführer. Den
laß ich gleich aufs Revier bringen." „Vergeß den Arzt nicht für
die Nase."

Lukas greift Karin am Arm „Karin, wir beide haben noch etwas
zu klären." Sie schaut ihn an „Was denn?" „Ich sage nur 'ich
dachte'." „Du mußt nicht immer alles so ernst nehmen. Weiß
doch, daß du auf Suche warst." „Weißt du, es gibt einen Spruch
der lautet ..." „Das ist mein Resort, Lukas. Und Karin kennt ihn
auch."

Lukas schaut seinen Chef an „Karin hat etwas unerhörtes zu
mir gesagt." „Dann gib ihr doch nen Klaps. Und dann ist es
vorbei. Mag es nicht, wenn meine Leute sich streiten." Im
nächsten Moment zuckt Karin zusammen und grinst. >Der
Chef weiß immer, wie er uns zu nehmen hat.<

Die Polizei verläßt das Cafe mit dem Gefangenen und fährt
zum Revier. Roy bleibt mit seinen Leuten noch dort.
„Einsperren wollte der mich. Hier im Cafe im Keller einsperren." „Und wie hast du das verhindert?" „Habe mich ruckartig
umgedreht und ihm meine Faust auf die Nase geknallt. Dann
wollte er mich erschießen. Da habe ich ihm die Pistole aus der
Hand getreten." „Na, die Nase hat ihm schön geblutet. Aber
macht nichts. Brauchst keine Angst wegen einer Anzeige von
ihm haben. Das wird der Kommissario schon erledigen."

95

„Was machen wir denn jetzt? Der Fall scheint erledigt zu sein." „Soo? Was hat er denn für ein Motiv für die Tat?" „Das weiß ich nicht. Hat Herr Wagner mir auch nicht verraten." „Siehst du, der Fall ist noch nicht erledigt. Einen Verdächtigen haben wir. Aber noch kein Motiv." „Und wie erfahren wir das Motiv?" „Durch akribisches suchen. Leute fragen, was Herrn Wagner zu der Tat veranlaßt hat." „Und wo fangen wir damit an?" „Bei ihm zu Hause." „Er ist doch gar nicht zu Hause." „Er nicht, aber seine Frau."

Die drei verlassen das Cafe. Während Roy und Karin in Roys Auto steigen, nimmt Lukas sein Auto wieder. Dann fahren sie gemeinsam zum Büro. Per Funk hört Roy „Wollten wir nicht zum Haus dieses Herrn Wagner?" „Hat jemand etwas von sofort gesagt?" ist die Antwort. Karin muß lachen. „Jetzt hat er Blut geleckt." „Lukas unser Bluthund." grinst auch der Chef.

Nach kurzer Zeit erreichen sie ihr Büro. Karin hilft ihrem Chef beim Verlassen des Fahrzeugs. Vor der Tür des Gebäudes wartet eine weibliche Person. Die beiden Ermittler erreichen die Tür und werden von der Frau angesprochen.

„Guten Tag, gehören sie zum Büro der Ermittlungen?" „Moin, das kann man wohl sagen. Haben sie etwas auf dem Herzen? Um was geht es denn? Aber kommen sie doch mit rein. Hier draußen müssen wir das ja nicht besprechen." sagt Roy.

Der Gang führt direkt ins Büro. „So, gute Frau, hier können wir uns ganz gemütlich unterhalten." Roy fährt hinter seinem Schreibtisch, während die Frau auf dem Stuhl davor Platz nimmt.

„Also, worum dreht es sich und wer sind sie?" fragt Roy. „Ich bin Emma Hansen von der Putzfirma, die bei den Stadtwerken sauber macht. Und ich wollte mal etwas zu dem Fall Wasserverschmutzung sagen. Da bin ich doch hier richtig, oder?" „Da können sie beruhigt sein. Den Fall bearbeiten wir auch. Zusammen mit der Kripo." „Ja, zur Kripo wollte ich nicht so gerne. Wer weiß, was die Kolleginnen hinterher reden." „Wenn es zur Aufklärung nützlich ist, soll das Gerede von Kolleginnen doch egal sein."

Die Tür zum Büro wird geöffnet und Karin erscheint mit zwei Tassen Kaffee. Stellt sie auf dem Schreibtisch ab und verläßt das Büro wieder. Während des Abstellens erhält sie von Roy ein anerkennendes Nicken.

„Ja, also, ich habe gesehen wie der Herr Wagner, er ist der Geschäftsführer der Stadtwerke, in einem der Container für den Müll herumsucht. Was er gesucht hat, weiß ich nicht. Ich habe ihn darauf angesprochen, aber keine Antwort erhalten. Er ist dann aus dem Container herausgekommen und ist wortlos an mir ins Gebäude gegangen. Ich habe die Müllsäcke, die ich bei mir zum entsorgen hatte, dann in den Container geworfen. Es war der, in dem Herr Wagner etwas gesucht haben muß. Ich habe mich über sein Verhalten gewundert. Sonst war er immer recht freundlich und hilfstbereit."

Roy sitzt in seinem Bürostuhl und hört der Frau vor sich zu. „Ja, Frau Hansen, die Sache mit dem Container wissen wir ja schon. Es stand auch in der Zeitung. Und was offensichtlich gesucht wurde, war wohl ein kleines Fläschlein, das der Täter verloren hatte. Das Fläschlein haben wir in der Zwischenzeit ja gefunden. Was uns noch fehlt, ist das Motiv des Täters. Auch ist ja noch nicht klar, daß Herr Wagner der Täter ist. Was hat ihn zu der Tat bewogen? Oder den Täter."

„Ja, das ist ja gerade das eigenartige. Herr Wagner hatte in den letzten Monaten immer eigenartige Schreiben in den Papierkorb geworfen. Ich habe mal ein Blatt, das war daneben gefallen, aufgehoben und gelesen." Bei diesen Worten schaut Emma Hansen beschämt nach unten. „Wir dürfen ja nicht die Schriftstücke lesen."

„Das ist mir bekannt. Nun haben sie eben doch mal ein Blick drauf geworfen." „Ja, und jetzt kommt es. Das Schreiben hat Herr Wagner von einem Herrn erhalten, der ihn damit unter Druck setzte. So habe ich das verstanden."

Roy hob seine Augenbrauen hoch. „Das hört sich ja an, als wenn Herr Wagner irgendwie erpreßt wurde." Emma Hansen schaut dem Mann hinterm Schreibtisch an. „Wwwas sssagen sie da?" „Ja, was sie eben gesagt haben, daß Herr Wagner von iregendwem unter Druck gesetzt wurde, wäre das Erpressung. Wo haben sie denn das Schreiben gelassen?" „Das habe ich in den Papierkorb geworfen. Das war wohl falsch." sagt Emma Hansen enttäuscht.

„Sie konnten es ja nicht wissen, daß es wichtig sein könnte. Aber immerhin haben sie Kenntnis von dem Schreiben. Das dürfen sie jetzt keinem weiter erzählen, sonst könnte es für sie gefährlich werden."

Emma Hansen erschrickt. „Bin ich jetzt in Lebensgefahr?" Roy setzt sich in seinen Rollstuhl. „Wenn sie sich daran halten, was ich eben gesagt habe, nicht. Wenn sie es anderen noch erzählen, könnte es passieren."

„Eine Frage noch. Haben sie es der Zeitung erzählt? Ich meine, daß Herr Wagner im Container ..." „Nein, das habe ich nicht. Nur eben ihnen hier." „Dann müssen wir mal heraus bekommen, woher die Zeitung Kenntnis von Herrn Wagners Tat erlangen hat."

Emma Hansen erhebt sich vom Stuhl. „Ich hoffe, ich bekomme jetzt keine Schwierigkeiten deswegen." „Na, von unserer Seite schon mal nicht. Und ich denke, von der Kripo auch nicht."

Emma Hansen verläßt das Büro und wenig später das Gebäude.

„Karin, kommst mal kurz rüber?" Die Frau läuft ins Büro ihres Chefs. „Was gibt's?" „Also, die Mitarbeiterin der Putzfirma hat mir gerade etwas erzählt. Sie hat Herrn Wagner im Container gesehen und sie hat zufällig Kenntnis von einem Schreiben erlangt, das an Wagner gerichtet war. Er wurde offenbar erpreßt." „Und warum ist er nicht zu uns gekommen?" „Schon mal was von Angst gehört?" Karin nickt.

„Was machen wir jetzt?" Roy schaut auf die Uhr. Dann sagt er kurz „Mittag." „Und danach?" „Ehrlich gesagt, das weiß ich noch nicht." Karin greift nach ihrer Handtasche, dann verlassen sie das Gebäude.

Draußen kommt ihnen Lukas entgegen. „Wo soll es hingehen?" fragt er. „Jetzt ist Mittag. Kannst mitkommen. Oder hast du schon gegessen?" „Nein, das habe ich nicht. Da schließ ich mich doch gleich an."

Während des Ganges zum Fahrzeug fragt Roy „Hast was herausgefunden?" „Ich war bei Frau Wagner. Doch sie sagt, sie wisse von nichts. Also, das ihr Mann erpreßt worden sein soll." „Hast mitgekriegt, wie Lukas gesprochen hat, Karin?" „Ja, sehr gewählt." „Was sagen sie dazu, daß die Frau von der Sache nichts weiß. Wie sie sagt." „Das kann schon sein. Wenn die Briefe in seinem Büro angekommen sind, hat Frau Wagner sie nicht gesehen. Und somit weiß sie nichts davon."

Lukas schaut seine Kollegen irritiert an. „Kann es sein, daß ich da etwas nicht mitbekommen habe?" „Ja, das kann durchaus sein, mein guter Lukas. Aber das erzähle ich dir später. Nicht beim Essen."

*

Sie erreichen ein kleines Restaurant. Im Restaurant schauen sie sich nach einem geeigneten Tisch um. Der ist schnell gefunden. In der hintersten Ecke. Die drei steuern auf den Tisch zu. Da kommt ein Kellner „Ich nehme gern einen Stuhl weg. Ich meine wegen dem Rollstuhl." Er greift schon nach einem Stuhl, da hört er „Nicht nötig. Ich wechsel die Stühle. Also raus aus dem Rollstuhl, rauf auf den Stuhl." „Aber den Roll..." „Den stell ich beiseite." sagt Lukas. Und schon nimmt er den Rollstuhl weg, zieht ihn zusammen und stellt ihn an die Wand.

Der Kellner schaut zu. „Die Bestellungen darf ich aber aufnehmen." „Dürfen sie. Dürfen sie. Also für die Dame ein kleines Alster, für den jungen Mann ein grooßes Bier und ich nehme auch ein Alster." „Kleines oder großes?" „Ein kleines." Sie bekommen die Speisekarten überreicht. Während sie die

Karte durchschauen sagt Roy „Tja, Lukas, wir hatten heute Besuch von einer Zeugin. Name tut jetzt nichts zur Sache. Und die hat uns erzählt, daß Herr Wagner – dein Punching Ball – Drohbriefe erhalten hat. Also erpreßt wurde."

Bei der Bemerkung Punching Ball fängt Karin an zu lachen. „Was gibt es da zu lachen?" „Punching Ball." „War doch so, oder etwa nicht? Die Lippe hat Lukas ja verschont. Dafür gab's Blümchen." Alle fangen an zu lachen. Der Kellner kommt mit den Getränken und verteilt sie.

„Haben die Herrschaften schon gewählt?" Die drei schauen noch einmal in die Karte. Dann sagt Karin „Ich nehme Nr. 75." „Und ich nehme 63." „Na, da nehme ich mal die 70." Der Kellner hat sich alles notiert und verläßt den Tisch.

Roy fragt „Wo waren wir stehengeblieben?" „Wir sitzen doch am Tisch." Für die Bemerkung erhält Lukas eine Kopfnuß. Das ist das Übel, wenn man zu dicht beim Chef sitzt.

„Bei der Erpressung." sagt Karin. „Ach ja. Und jetzt müssen wir ..." Ein Handy klingelt. Es ist das Gerät von Roy. Er nimmt es zur Hand und fragt „Wer stört?" „Keller hier. Wieso wer stört?" „Ach, Kommissario, wir sind gerade bei einer Analyse. Was gibt es so dringendes?" „Ich weiß, es ist Mittagszeit. Aber ich wollte mal nachfragen, ob ihr schon was neues herausbekommen habt?" „Neugierig sind sie ja wohl gar nicht. Aber wissen müssen sie immer alles." „So ist es, Roy. Also?"

Roy überlegt kurz, ob er dem Kommissar bereits die neuesten Erkenntnisse mitteilen soll. Sein Entschluß – nein, es wird noch nichts weitergegeben. „Tut mir leid Kommissario, wir haben noch nichts neues. Wie sieht es denn bei Ihnen aus? Den Herrn Wagner haben sie doch bereits verhört. Denke ich." „Das Verhör läuft noch. Es ist ein ganz harter Brocken." Roy grinst. „Tja, dann müssen wir weiter suchen." „Ja und verhören. Guten Appetit." Der Kommissar beendet das Gespräch.

„Und jetzt müssen wir den Erpresser finden. Fragt sich nur - ..." „Wo fangen wir an?" beendet Karin den Satz. Roy schüttelt den Kopf. „Hast du das mitbekommen, Lukas? Da nimmt die Frau mir doch glatt die Worte aus dem Mund." „Und was ist das? Diebstahl?" Lukas neigt sich stark zur Seite, weil er wieder eine Kopfnuß vermutet.

„Nein, daß ist Gedankenübertragung." „Und wie bekommt man das Phänomän?" „Durch intensive Arbeit mit- und füreinander." „Aha. Na, dann habe ich ja noch was vor mir."

Das Essen wird serviert. Sie beginnen mit dem Essen. Da sagt Karin „Chef, was dagegen, wenn ich mal zu Frau Wagner fahre?" Lukas schaut erstaunt. „Was soll das bringen?" „Ein Versuch wär es wert. Lukas, es spricht sich leichter von Frau zu Frau. Du warst bei ihr, ja. Vielleicht war sie dir gegenüber etwas – ich sag mal – verklemmt. Das wird Karin herausfinden."

Lukas schaut betrüb vor sich. Roy bemerkt es. „Lukas, das war eben keine Negativbeurteilung deiner Arbeit. Du hast versucht etwas von der Frau zu erfahren. Aber nichts erreicht." Lukas schaut seinen Chef an. „Ich dachte schon, ich hätte versagt."

Karin beugt sich zu ihm rüber und gibt ihm einen Kuß auf die Wange. Er schaut Karin irritiert an. „Zur Aufmunterung. Hast du gebraucht. Bleibst du beim Chef?" „Na, einer muß ja bei ihm bleiben." „Täusch dich nicht. Er kann auch allein durchkommen." Dann erhebt sich Karin, sucht nach ihrem Geld. „Karin, laß mal. Du kannst später zahlen." „Danke, Chef."

Karin verläßt das Restaurant. „Und womit fährt sie jetzt zu der Frau? Wir sind doch mit einem Fahrzeug hergekommen." „Sie fährt mit dem Taxi zum Büro und steigt dort in ihr Auto." Lukas hat ihn verstanden. „Und was machen wir?" „Suchen nach dem Motiv bzw. dem Erpresser." „Wo?" „Hier nicht. Zunächst werden wir mal sehen, daß wir ein Exemplar des Erpresserbriefes bekommen." „Wenn Herr Wagner erpreßt wurde, dann wohl auch zu der Tat." „Genau so." „Was der Kommissar dazu wohl sagen wird." „Dumm schauen wird er."

*

In einem anderen Ort sitzt ein Mann an seinem Schreibtisch. Er macht sich Gedanken über den Mann, von dem er verlangte das Wasser zu verunreinigen. >Was der wohl jetzt macht? In seinem Büro ist er ja nicht. Hat die Polizei ihn erwischt?<

Es klopft an der Tür. „Ja, was ist denn?" Die Tür wird geöffnet und eine junge Frau erscheint. „Herr Wagner meldet sich nicht. In dem Betrieb wurde er bereits seit Tagen nicht gesehen." „So. Haben die ihn wohl erwischt. Und seine Frau? Was ist damit?" „Habe ich noch nicht versucht." „Dann tun sie es."

Die Frau verläßt das Zimmer wieder. Der Mann ist wieder allein. >Wenn Wagner der Polizei das mit den Briefen erzählt, wird es richtig lustig.<

Die Frau klopft wieder an die Tür und tritt sofort ein. „Frau Wagner ist derzeit nicht erreichbar." „Dran bleiben. Irgendwann ist sie zu Hause." „Wie sie meinen." Die Frau verläßt wieder den Raum. Der Mann lehnt sich zurück. >Wenn Frau Wagner uns nicht verrät wo ihr Mann ist. Was dann?<

Der Mann erhebt sich von seinem Stuhl und geht zum Fenster. Das Wetter ist zur Zeit grau. Es regnet.

Im Vorzimmer kommen ein paar Männer. „Ist der Chef im Hause?" „Er ist drinne." Die Männer gehen zur Zwischentür, öffnen sie ohne zu klopfen und treten ein.

„Chef, schlechte Nachrichten. Die Polizei hat Wagner festgenommen. Gestern schon. Es scheint, als wäre er in U-Haft." Der Chef zuckt nur mit den Schultern. „Damit kommt ihr jetzt erst? Wo ist seine Frau?" Die Männer schauen sich gegenseitig an. „Zu Hause wohl." „Ans Telefon geht sie nicht." „Sollen wir mal nachschauen?" „Was bringt das? Die wird wohl überwacht."

An den Fall haben die Männer nicht gedacht. „Das ist Scheiße. Was machen wir denn jetzt?" „Abwarten. Es gibt bestimmt eine Chance an die Frau heranzukommen." „Hoffentlich."

„Da fällt mir ein. Als wir von der Wohnung wegfuhren, kam da eine andere Frau und hat bei Wagner geklingelt." „Und? Wurde die reingelassen?" „Weiß ich nicht. Wir sind weggefahren." „Typisch für euch." „Meinst du, daß es die Polizei war?" „Bin ich Hellseher?" Alle schweigen.

Dann verlassen die Männer wieder den Raum ihres Chefs.

>Was war das für eine Frau, die zu Frau Wagner wollte? Etwa eine Polizistin?< Dann fällt dem Mann ein, die Kripo arbeitet ja mit einem externen Büro zusammen. Was ist das für ein Büro? Was sind das für Leute?

Der Mann greift zum Telefon. „Lissy, sind die Jungs noch in der Nähe?" „Moment, ich schau mal aus dem Fenster." Lissy läuft zum Fenster, schiebt die Gardine zur Seite und sieht die Jungs draußen beim Fahrzeug. Das Fenster wird aufgestoßen, dann ertönt ein Pfiff. Einer der Jungs schaut sich um. Da sieht er Lissy am Fenster. „Jungs, wartet mal. Lissy hat eben gepfiffen." Dann verschwindet er im Haus.

Lissy geht zum Telefon „Boris kommt noch mal zurück." „Dein Pfiff war unüberhörbar." Wenig später erscheint der Mann von der Straße. „Was gibt's Lissy?" „Der Chef." Boris geht eine Tür weiter.

„Was gibt's Chef?" „Weiß einer von euch, wer der Kripo hilft? Ich meine, was das für ein Büro ist?" „Weiß ich nicht. Aber wir werden mal nachschauen." „Das wäre eine gute Idee." Boris verläßt wieder den Raum.

>Na, haben die mal wieder eine Aufgabe.< Der Chef der Untergrundtruppe ist mit sich zufrieden.

„Was wollte der Chef denn noch?" fragt einer der drei im Auto."Wissen wer der Kripo hilft. Er meint, welches Büro." „Ich kenne nur ein Büro, daß in Frage kommen könnte." „Und welches?" „Das Büro für Ermittlungen."

Die Männer schauen sich an. „Was für ein Büro? Büro für Ermittlungen? Das hört sich nach Detektei an." „Wir sollen das überprüfen." Jogi und Tim verdrehen ihre Augen. Ulf, er sitzt am Steuer, fährt erstmal los.

„Wollen wir gleich hinfahren?" „Hinfahren und draußen warten." „Auf wen?" „Wer da raus kommt. Und dann schnappen wir uns denjenigen und pressen ihn aus."

Sie erreichen den Ort, wo auch das Büro für Ermittlungen ist. „So, da wären wir und was jetzt?" „Warten. Einfach warten." Sie sitzen im Auto und beginnen mit der Warterei. Bekommen jedoch nicht mit, daß sie selber bereits beobachtet werden.

Lukas hat das Auto mit den vier Personen kommen sehen. Es ist jedoch keiner ausgestiegen. „Chef, da draußen steht ein Pkw mit vier Personen auf dem Parkplatz. Es ist jedoch keiner ausgestiegen. Ist das nicht eigenartig?" „Tja, Adlerauge, da kannst wohl recht haben. Sieht aus, als wenn die auf irgendetwas oder wen warten. Ruf doch mal Karin an und warne sie."

Die Zeit verrinnt. Dann kommt Karin von ihrer Tour zurück. Lukas hatte sie gewarnt. Doch sie tut so, als wäre es nicht so. Sie passiert das besetzte Fahrzeug. Da springen zwei Mann heraus und wollen sie fangen.

Karin dreht sich einmal blitzartig um und einer fällt zu Boden. Der zweite will sie von hinten fangen, fängt sich aber einen Karateschlag an den Kopf ein. Der erste hat sich wieder aufgerappelt und will wieder zu langen. Da trifft ihn ein Tritt zwischen die Beine. Er sinkt wieder zusammen.

Die restlichen Zwei woillen aussteigen. Bekommen aber die

Türen nicht auf. „Nanu, was ist das denn? Die Tür geht nicht auf." „Meine auch nicht." Sie schauen durch die offenen Fenster. Und sehen zwei Personen, die die Türen zuhalten.

„Hey, was macht ihr denn da?" „Och, nur die Tür halten. Sonst nichts." „Laßt sofort die Türen los." „Was denn sonst?" Ulf überlegt kurz und zieht seinen Revolver. „Sonst schluckt ihr Blei." Lukas holt mit seiner rechten Faust aus und schlägt den Revolver weg.

Jetzt reißt Roy die zweite Tür auf, greift in den Wagen und zerrt den vierten Mann raus. „Du wolltest doch aussteigen. Dann komm doch raus. Hier ist frische Luft." Boris ist von dem Angriff überrascht. Durch die Wucht des Rausziehens liegt er gleich auf dem Boden.

Boris schüttelt den Kopf und schaut wer ihn da so überlistet hat. Er sieht einen Mann im Rollstuhl sitzen. Er sucht seine Waffe. Doch Roy fährt mit dem Rollstuhl auf den einen Arm des Mannes am Boden. Der Schmerz veranlaßt eine sofortige Innehaltung der Waffenziehung.

Dafür beugt sich Roy etwas aus dem Gefährt und nimmt Boris die Waffe aus dem Holster. „Die nehme ich mal sicherheitshalber." Dann schießt er einmal in die Luft und die Männer aus dem Wagen erstarren in ihren Bewegungen. „Schluß jetzt mit dem Überfall. Schön die Hände auf den Rücken halten."

Karin beginnt sofort mit der Bindung der Hände auf den Rücken. In der Zeit ruft Roy Kommissar Keller an. „Ja, Keller hier." „Kommissario schick doch mal Steifenwagen zu uns rüber. Wir haben hier ein paar Leute, die sehnen sich nach freier Unterkunft und Verpflegung." „Schon unterwegs."

Roy hält die vier Angreifer mit der Waffe von Boris in Schacht. Ulf hat den Boxhieb von Lukas abbekommen und jammert nun „Mein Auge. Mein Auge. Ich kann gar nichts sehen." „Das schwillt nur ein bißchen an, wird dann noch blau und schmerzt ein paar Tage. Ein Steak soll für Linderung sorgen." sagt Lukas.

Tim fragt „Sind hier irgendwie Elefanten oder Pferde längst gekommen? Mir tun sämtliche Knochen weh." Karin grinst nur. Lukas sagt trocken „Kann nicht sein. Kannst ja noch reden." Alle sind ruhig.

Dann hören sie die Sirenen der Streifenwagen. Es hat nicht lange gedauert. Die Polizisten nehmen die vier Banditen in Gewahrsam und drücken sie in die Streifenwagen. „Die sehen ja aus, als wenn sie von einer Büffelherde Besuch hatten."

Lukas schaut seine Kollegen fragend an. „Was wollten die denn von euch?" „Wohl einen fangen und mitnehmen. Aber dann müssen die früher aufstehen." Keller grinst nur. „Mit euch darf man sich nicht einlassen. Jungs abrücken."

Die Streifenwagen ziehen wieder ab. Keller sagt noch „Den Wagen der vier laß ich noch abholen. Tschüß." Die drei vom Büro der Ermittlungen heben nur müde ihre Hände zum Gruß.

„Danke für die Warnung. Sonst wär ich jetzt in deren Händen." sagt sie. „Bei uns bist du sicherer aufgehoben. Wir brauchen dich ja noch." sagt Roy. Sie gehen wieder ins Büro. „Was waren das denn überhaupt für Leute?" „Gute Frage. Nächste

Frage?" Dann fällt Karin ein „Als ich zu Frau Wagner ging, stand der Wagen in der Nähe." „Dann haben die wohl etwas mit der Sache zu tun." „Müssen nur heraus bekommen, wer sie geschickt hat." „Das klärt Kommissar Keller. Wir machen Feierabend."

Ein Abschleppwagen kommt und holt das Fahrzeug der Ganoven. Lukas sieht, wie das Fahrzeug aufgeladen wird. „Der ist auch beseitigt."

Die drei verlassen ihr Büro. Jeder geht seinen Weg.

*

Am nächsten Tag ruft der Chef der Banditen nach seiner Sekretärin „Lissy, schon was von den vieren gehört?" „Nein, Chef. Die haben sich noch nicht gemeldet. Ans Funkgerät geht auch keiner. Wahrscheinlich haben die das abgeschaltet." „Das ist wieder mal typisch für die."

Im Vorzimmer spielt das Radio leise. Dann kommen Nachrichten. Unter anderem wird gemeldet, daß gestern vier Personen festgenommen wurden, die offensichtlich versucht haben eine Frau zu entführen. Diese war jedoch in Selbstverteidigung ausgebildet und konnte sich erfolgreich verrteidigen. Unterstützung erhielt sie von zwei Männern, die sich um zwei Insassen eines Pkws kümmerten.

Der Mann am Schreibtisch hört die Nachrichten. „Das könnte sich gut um unsere Truppe handeln. Lassen sich von einer Frau verprügeln." „Chef, es wurde doch gesagt, daß die Frau in Selbstverteidigung ausgebildet war." „Ja, Ermittler dürfen ja keine Schußwaffen tragen." „Sie meinen, die Frau gehörte zum Büro für Ermittlungen?" „Wo waren die Jungs denn hin, he? Zum Büro für Ermittlungen. Und dort sind Profis. Nicht solche Anfänger wie unsere Jungs." Stille in beiden Räumen.

*

Boris, Ulf, Jogi und Tim sitzen auf dem Polizeirevier. Jeder in einem anderen Raum. Kommissar Keller beschäftigt sich zunächst mit Boris. In der Hand hält er die Polizeiakte, die bereits über Boris angelegt wurde. Es sind alle seine Taten in der Akte vermerkt.

„So, Boris, hier in der Akte steht, das sie kein unbeschriebenes Blatt sind. Schon einiges Vorgefallen. Was wollten sie denn gestern machen? Eine Frau entführen?"

Boris sitzt auf dem Stuhl und sagt gar nichts. Er zeigt keine Rührung. „Ihre Komplizen sind doch aus dem Auto gesprungen, als die Karin ankam. Wollten sie die entführen?" „Was weiß ich, wie die Frau heißt. Aber meine Kameraden verprügeln, das darf sie, was." „Die Frau hat sich nur gewährt. Und das ist legal. Also, was wollten sie von der Frau?"

Wieder Schweigen im Raum.

Die anderen drei Männer sind ebenfalls der Polizei nicht unbekannt. Vor Tim sitzt ein anderer Polizist. „Ja, also ihre Akte ist ja bereits keine Akte mehr. Die hat ja bereits die Form eines Buches." sagt der Polizist. „Na, dann haben sie ja was zu lesen. Brauchen sie mich doch nicht noch hierbehalten." „Doch, doch, denn was ich gerne wissen möchte, steht nicht in der

Akte. Was wollten sie von der Frau?" „Gar nichts. Die gehört eingesperrt. Haut einfach auf Leute los." „Die Frau ist im Nahkampf ausgebildet. Sie hat sich nur gegen ihre Angriffe verteidigt." „Verteidigt. Das ich nicht lache. Verprügelt hat sie mich. Hier alles grün und blau und dick. Das nennt sich verteidigt." Tim zeigt dem Polizisten seine demolierten Stellen.

„Also, noch mal von vorne. Was wollten sie, Tim, von der Frau aus dem Büro für Ermittlungen?" Tim übt sich im Schweigen.

Ein Zimmer weiter sitzt Jogi einem etwas schwergewichtigen Polizeibeamten gegenüber. „Jogi M. der Polizei bundesweit nicht unbekannt. Da hat sich ja einiges zusammengetragen." „Das meiste ist doch nur gelogen. Von den Anlegern der Akte an den Haaren herbeigezogen." „Das sehe ich aber nicht so. Was hatten sie denn mit der Frau vor? Entführen und dann?" „Wer wollte wen entführen?" „Sie mit ihren Genossen wollten der Frau etwas antun. Weshalb haben sie denn sonst auf sie gewartet?" Jogi übt sich in Schweigen.

Ulf ist ein Zimmer weiter mit mehreren Beamten zusamen. „Ja, also die Fingerabdrücke hier kennen wir ja schon aus der Akte. Sind ja grad kein unbeschriebenes Blatt. Entführung, Raub, Mord. Was wollten sie denn von der Frau, die an ihrem Auto überfallen wurde. Sie selbst saßen ja im Auto. Nur wie es für ihre Kameraden schlecht wurde, mußten sie aussteigen." „Konnte ja gar nicht raus. Die Tür wurde ja zugehalten, damit ich nicht raus konnte." „Sie wollten also aussteigen. Und dann? Mit ihren Kameraden die Frau erledigen?" „Ich wurde selbst aus dem Fahrzeug gezogen und dann folgten nur noch Schläge. Ich bin doch das Opfer. Nicht die Frau."

„Wer ist euer Auftraggeber?" „Was soll das denn jetzt werden?" „Die Fragen stelle ich hier. Sie sollen antworten." Ulf hüllt sich ins Schweigen.

Nach einer Stunde der Vernehmung der Verhafteten treffen sich alle von der Kripo bei Kommissar Keller im Büro. „Na, wer hat denn etwas beim Verhör erfahren?" fragt Keller. „Die schweigen, als hätte man ihnen den Mund zugeklebt." „Es muß also einer im Hintergrund sein, vor dem sie Angst haben." „Aber wer?" „Das müßte man herausbekommen." „Und wie?"

Keller hat eine Idee. Er dreht sich seinem Telefon zu, wählt eine Nummer und wartet. Nach kurzer Zeit hört er 'Hier ist das Büro für Ermittlungen. Sie rufen außerhalb unserer Geschäftszeiten an.' Keller schaut zur Uhr und legt wieder auf. Die Uhr zeigt 18:30 Uhr.

„Was ist Herr Kommissar? Sie schauen zur Uhr und legen den Hörer wieder auf." „Es ist jetzt 18:30 Uhr. Das Büro ist geschlossen." „Welches Büro?" „Na, Roy und sein Team haben Feierabend." „Wer ist Roy?" fragt ein Kriminalbeamter. „Na, ein Mann, der uns hilft Fälle zu lösen." „Ein V-Mann?" „Nein. Ein Privatermittler. Kommt an Sachen ran, wo wir Polizisten auf Granit stoßen."

Die Beamten schauen sich gegenseitig an. „Kann er uns denn in diesem Fall auch helfen?" „Er und sein Team sind bereits dabei." „Aha." kommt es von einem Kriminalbeamten. „Und was hat er hervorgezaubert?" „Zum Beispiel das kleine Fläschchen mit dessen Inhalt das Leitungswasser verunreinigt wurde. Ferner ahnte er bereits, um was es sich hier handelte."

112

„Ist das nicht höchstverdächtig. Wer sagt uns denn, daß er nicht selbst der Täter ist." „Worauf wollen sie hinaus? Kollege. So, wie sie sich hier aufführen, ist das für mich schon mehr als sonderbar. Wer sagt uns denn, daß sie nicht mit den Verbrechern unter einer Decke stecken? Noch bin ich der Leiter dieser Soko."

Die Tür des Büros wird plötzlich aufgestoßen. „Was ist hier denn los?" kommt es von der Tür. Es ist der Staatsanwalt Rößner. Der Kriminalbeamte, der sich eben noch mit Kommissar Keller überworfen hat, meldet sich zu Wort „Kommissar Keller arbeitet mit einem Privatermittler zusammen. Ohne uns davon zu berichten." „Wollen sie auch wissen, mit wem die Staatsanwaltschaft kooperiert? Ich kann es ihnen sagen. Mit dem Büro für Ermittlungen. Noch Fragen Herr Meier?"

Der Angesprochene senkt seinen Kopf und sagt nichts mehr. „Herr Keller, was aus den vier Festgenommenen herausbekommen?" „Außer warme Atemluft, nichts. Herr Staatsanwalt." „Und unser Partner Roy?" „Gute Frage, das weiß ich noch nicht. Aber ich denke, er ist irgentwie auf einer Spur." „Na, dann." sagt Rößner und verläßt den Raum.

Die anderen Kriminalpolizisten schauen ihren Chef an. „Das hatte uns gerade noch gefehlt. Streit in den eigenen Reihen. Wie sind sie denn zu dem Ermittler gekommen, Chef?" „Ja, wir haben nichts gegen seine Hilfe. Können eh nicht überall sein."

Keller lehnt sich zurück. „Ihr seid also mit ihm einverstanden. Das ist beruhigend. Ich habe zufällig von ihm erfahren. Und er scheint irgentwie ein besonderes Gespür zu haben." „Was hat er denn bereits rausbekommen?"

„Mehr als wir erwartet haben. Wo das Fläschchen war. Das der Geschäftsführer Herr Wagner offenbar selbst Opfer einer Straftat ist. Und was sonst noch, kann ich nicht sagen."

Die Beamten schnaufen erstmal tief durch. Das hätten die in der kurzen Zeit nicht erwartet.

„Herr Keller, wie macht er das eigentlich?" „Was?" „Die Ergebnisse in der Zeit." „Das kann ich euch auch nicht sagen. Ich weiß es selbst nicht."

*

Der Chef der Gaunertruppe, namens Akino, wartet auf ein Ergbeniss betreffend seiner Jungs, die auf dem Polizeirevier sind. „Lissy, schon etwas neues erfahren von Boris und Co.?" „Nein, Chef. Die scheinen jetzt richtig im Verhör zu sein." „Dann mach mal eine Verbindung zu Rechtsanwalt Kluge." „Sofort."

Es dauert nicht lange, dann klingelt das Telefon beim Chef. „Ja." meldet Akino sich. „Ihre Verbindung zu Rechtsanwalt Kluge." sagt Lissy. Dann legt sie auf. „Hallo Herr Kluge. Ich habe das Gefühl meine Jungs benötigen ihre Hilfe. Die sind bei der Polizei." „So, haben die etwas ausgefressen. In den Augen der Polizei." „Die waren gestern bei diesem Büro für Ermittlungen und wollten eine Person herbringen. Das ist irgendwie schiefgegangen." „Aha, und da muß jetzt mal der Herr Kluge tätig werden." „So ist es, Compadre. Sonst verraten die Jungs doch noch unser Vorhaben. Den Geschäftsführer der Stadtwerke hat die Polizei auch kassiert." „Aber sonst ist alles ok?" „Ja. Ich bin im Büro. Lissy ist im Vorzimmer." „Na, dann werde ich mal sehen, was ich machen kann." „Tun sie es. Tun sie es. Dafür bezahle ich sie ja auch." Das Gespräch wird beendet.

Rechtsanwalt Kluge schaut auf die Uhr. Es ist gerade 9:00 Uhr morgens. >Na, die Polizei hat wohl gerade Besprechung. Ich wäre in einer halben Stunde da. Also 9:30 Uhr.< Dann begibt er sich auf den Weg zum Polizeipräsidium.

Boris und seine Kameraden sind wieder zum Verhör verteilt worden. Diesmal haben sie jeweils andere Personen, die sie befragen. Die Fragen sind jedesmal die gleichen.

Bei Kommissar Keller geht mitten im Verhör die Tür auf und Rechtsanwalt Kluge betritt das Zimmer. „Kommissar Keller nehme ich an?" sagt er. „Ich bin Rechtsanwalt Kluge. Wie ich sehe befragen sie gerade meine Mandanten."

Ulf, der heute von Keller verhört wird, schaut erstaunt auf. Dann grinst er breit. Dann sagt er „Wird aber auch Zeit, daß sie kommen. Wir werden heute bereits das zweite Mal verhört." Kluge winkt nur ab.

Kommissar Keller fragt jetzt „Wer hat sie eigentlich informiert? Bis jetzt hatte keiner der vier einen Anwalt angerufen. Es muß folglich jemand außerhalb dieser Mauern gewesen sein." „Wollen sie, daß ich mich beim Staatsanwalt über sie beschwere?" antwortet Kluge.

Da geht die Tür auf und Staatsanwalt Rößner erscheint. „Wer will sich beschweren? Sie Herr Kluge? Die Verdächtigen erhalten einen Pflichtverteidiger. Und das werden schon mal nicht sie sein. Sie werden wegen offenbarer Befangenheit abgelehnt. Seitens der Staatsanwaltschaft. Noch Fragen Herr Kluge?"

Rechtsanwalt Kluge hört die scharfen Worte des Staatsanwaltes. Ringt nach Luft. Mit so einer Ansage hat er nicht gerechnet. Woher wußte der Staatsanwalt, daß er hier im Hause war? Rechtsanwalt Kluge nimmt wortlos seine Aktentasche und verläßt wieder das Büro.

Kommissar Keller schaut Rößner an „Woher wußten sie, daß der Rechtsanwalt Kluge im Hause war?" „Naja, Häuser haben bekanntlich nicht nur Türen, durch die man hinein und heraus gelangt, sondern auch Fenster." Herr Rößner befindet sich am Fenster und beobachtet den Abgang des Rechtsanwaltes. Dieser schaut noch einmal zum Gebäude der Polizei, bevor er in sein Auto steigt.

„Und nun wieder zu ihnen, Ulf. Was wollten sie mit ihren Kameraden beim Büro für Ermittlungen. Die Frau entführen? Und dann? Nun reden sie schon. Kluge kann ihnen eh nicht mehr helfen." sagt Kommissar Keller. Doch Ulf hüllt sich in Schweigen.

Bei den anderen dreien verläuft das heutige Verhör nicht anders. Alle hüllen sich in Schweigen. Boris sagt noch „Ich habe ein Recht auf meinen Rechtsanwalt. Den möchte ich anrufen." „Wer ist das denn? Rechtsanwalt Kluge? Der wurde gerade von der Staatsanwaltschaft abgelehnt. Wegen offensichtlicher Befangenheit. Da geht er gerade wieder zum Auto." bekommt Boris zu hören. >Mist. Wie sind die denn so schnell darauf gekommen?< denkt er. Dann begibt er sich wieder zu seiner Zelle.

116

Beim Auto angekommen, setzt sich Rechtsanwalt Kluge hinein und wählt dann die Nummer von Akino auf seinem Handy. „Ja." meldet sich Akino kurz. „Hier ist Kluge. Ich war eben im Präsidium und wollte mit den vier Gefangenen sprechen. Diese waren wieder beim Verhör. Da kam Staatsanwalt Rößner herein und sagte mir, daß ich nicht als Verteidiger der vier angenommen werde. Grund: Befangenheit."

Akino bleibt der Mund offen stehen bei der Nachricht. >Was fällt dem Staatsanwalt ein meinen Rechtsanwalt abzulehnen.< überlegt er. „Eh, ist gut Rechtsanwalt. Fahren sie nach Hause. Ich melde mich wieder." Dann ist das Gespräch beendet. Kluge fährt vom Polizeipräsidium nach Hause.

In der Zeit geht Akino überlegend in seinem Büro hin und her. Die Zwischentür wird geöffnet und Lissy erscheint. „Chef, was ist denn mit ihnen los? So kenne ich sie ja gar nicht." „Eben sehr schlechte Nachrichten erhalten. Der Staatsanwalt hat unseren Rechtsanwalt wegen Befangenheit abgelehnt. Die Jungs erhalten einen Pflichtverteidiger. Heißt: das Gericht entscheidet, wer unsere Jungs verteidigen darf und wird."

„Ja, dürfen die denn das?" „Ja, leider. Irgendwie muß die Staatsanwaltschaft erfahren haben, daß Kluge für uns arbeitet. Aber wie?" „Das weiß ich auch nicht." sagt Lissy und verläßt das Büro wieder.

„Ach, Lissy, bringen sie mir einen Kaffee. Den muß ich auf die Nachricht haben." sagt Akino. Dann geht er wieder in seinem Büro hin und her.

Kurze Zeit später erscheint Lissy mit dem Kaffee. „Ihr Kaffee,

Chef." und stellt die große Tasse auf den Schreibtisch des Chefs. „Was haben sie denn? Das wird ja richtig unheimlich." „Ich mache mir Gedanken wegen den Jungs. Wenn auch nur einer redet, ist alles raus. Und dann sind wir erledig." „Kann Kluge denn nichts machen?" „Nein. Er wird von der Staatsanwaltschaft nicht zugelassen."

Lissy ist bereits auf dem Weg in ihr Büro, da sagt sie „Und wenn sie einen neuen Rechtsanwalt nehmen?" „Woher so schnell? Wir brauchen einen zuverlässigen." Lissy geht in ihr Büro.

Akino sitzt an seinem Computer. Er ist auf der Suche nach einem Rechtsanwalt um seine Jungs zu befreien. Eine Spezialseite für Rechtsanwälte macht ihn neugierig. >Was ist denn das für eine Seite?< wundert er sich.

Er hat eine Seite gefunden, wo es Rechtsanwälte für spezielle Aufträge gibt. Er blättert die Seiten durch. Und da entdeckt er auch den Rechtsanwalt Kluge. >Der wird von der Staatsanwaltschaft nicht für meine Jungs zugelassen. Warum auch immer.< sagt er sich.

Ein paar Seiten weiter findet er einen Namen, der ihn irgendwie bekannt vorkommt. Rechtsanwalt Dr. Bodo Bach. >Ach schau an. Den Gauner gibt es auch noch. Dann wollen wir mal sehen, oib er noch zu bekommen ist.< Akino schreibt sich die Telefonnummer auf, die bei Dr. Bach angegeben ist. Dann ruft er Lissy zu sich. Die kommt nach wenigen Minuten ins Zimmer. „Ja, Chef, was soll ich?" „Hier, Lissy, mach mal eine Verbindung mit dieser Nummer. Aber schnell, wenn ich bitten darf."

Lissy nimmt den Zettel mit der Telefonnummer und verläßt das Zimmer. Während des Gehens liest sie, was auf dem Zettel steht 'Dr. Bodo Bach …' . Sie überlegt sehr scharf. Den Namen hat sie doch schon mal gehört. Sie wählt die Nummer und wartet, daß sich jemand meldet. „Vorzimmer von Rechtsanwalt Dr. Bodo Bach. Was kann ich für sie tun?"

Lissy kommt die Stimme am Hörer bekannt vor „Hallo Naddel, seit wann bis du bei Dr. Bach?" Die Frau am anderen Ende der Leitung erschrickt „Lissy, was willst du denn hier? Ich bin seit drei Jahren hier bei dem Rechtsanwalt." „Mein Chef hätte gern den Rechtsanwalt Dr. Bach gesprochen." „Ich schau mal, ob das möglich ist. Moment mal." Lissy hört nichts. Dann meldet sich Naddel wieder „Dr. Bach ist bereit. Ich verbinde." Dann knackt es in der Leitung und wenig später hört Lissy „Dr. Bodo Bach. Was kann ich für sie tun?" „Moment, ich verbinde mit Herrn Akino." sagt Lissy und stellt die Verbindung her.

Nach wenigen Minuten meldet sich der Chef „Ja." „Chef, der Rechtsanwalt Dr. Bodo Bach ist in der Leitung." „Stellen sie durch." Dann ist die Verbindung für beide Männer vorhanden. „Akino hier. Habe ich dort Dr. Bodo Bach? Rechtsanwalt für speziellle Fälle?" „Genau der ist am Apparat. Was darf ich für den großen Mafioso erledigen? Es freut mich, daß sie sich an mich wenden." „Kennen sie Staatsanwalt Rößner?" „Nein, wer soll das sein?" „Gut so, wenn sie ihn nicht kennen, könnte er sie auch nicht kennen." „Aha. Und warum ist das gut?" „Meine Jungs wurden verhaftet. Und mein bisheriger Anwalt wird von der Staatsanwaltschaft nicht anerkannt. Wegen Befangenheit." „Das ist übel. Wegen Befangenheit ausgeschlossen. Nun gut, was haben die angestellt?" „Die sollten einen Mitarbeiter des Büros für Ermittlungen herbringen. Und das ging schief." „Das mußte ja schief gehen. Wissen sie denn nicht, wer der Chef des Büros ist?" „Nein, der ist mir unbekannt. Darum sollten die Jungs ja einen Mitarbeiter herholen." „Schon mal etwas vom Roy gehört? Genannt der Chef?" „Nein, wieso? Was ist das für einer?" „Der Chef ist zwar behindert, aber er ist der beste Gegner für schwere Jungs. Es gibt fast nichts, was er mit seinen Leuten nicht schafft." „Offenbar kennen sie den. Das ist schon mal gut." „Die Wassergeschichte in Utin scheint ihre Idee zu sein. An dem Fall ist Roy mit dran."

Akino ist etwas verwirrt. Dr. Bach kennt den Mann vom Büro für Ermittlungen und er weiß von der Wassergeschichte. Das ist sonderbar.

„Was ist nun Dr. Bach, können sie meine Jungs aus dem Gefängnis holen?" „Das dürfte keine Schwierigkeit machen. Aber nehmen sie sich vor Roy in Acht. Der ist undurchschaubar. Der macht auch vor der Mafia nicht Halt." Dann ist das Gespräch beendet.

Mafioso Akino ist erschrocken. Es gibt einen, der nicht vor der Mafia halt macht. Was ist das für ein Mensch? Behindert und doch für die Mafia gefährlich? Jedenfalls hat er wieder einen Rechtsanwalt für seine Jungs.

*

Am nächsten Tag sitzt Roy in seinem Auto und ist auf dem Weg zur Arbeit. Sein Weg führt ihn am Polizeirevier vorbei. >Hier befinden sich die Jungs, die meine Mitarbeiterin an die Wäsche wollten.< Dann fällt ihm ein Auto auf, das gerade auf dem Parkplatz einen freien Platz sucht und dann einen gefunden hat. Roy bleibt stehen und schaut zu dem Fahrzeug hin. Es dauert bis der Fahrer sein Gefährt verläßt. Roy schaut sich den Mann genau an. Dann erkennt er die Person. >Was in Gottes Namen hat der Kerl hier zu suchen? Er ist doch eine Beleidigung für die Rechtsprechung – Dr. Bodo Bach.<

Roy beschließt sich im Polizeirevier umzuschauen. Schnell hat er seinen Rollstuhl heraus, schließt das Fahrzeug ab und begibt sich ins Präsidium. Dr. Bach passiert gerade die Rezeption. Roy ist mit schnellen Armbewegungen in Wurfweite von Bach. „Moin." sagt er zum Wachmann. „Hallo. Wo wollen sie denn hin?" „Werde mein Ziel schon finden."

Hinter ihm ist Staatsanwalt Rößner eingetroffen. „Ist schon gut, mit dem Mann. Der ist auf unserer Seite." sagt er zu dem Wachmann. Roy rollt immer in sicherem Abstand hinter dem Rechtsanwalt Bach her. Da die Räder lautlos sind, hört Dr. Bach nicht, daß er verfolgt wird.

Vor der Tür zu Kommissar Kellers Büro bleibt er stehen. Klopft an und betritt das Büro. Kommissar Keller schaut von der vor ihm liegenden Akte auf. „Ja, bitte. Womit kann ich ihnen helfen?" „In dem sie meine Mandanten frei lassen." antwortet Dr. Bach. „Und wer sind das? Wer sind sie überhaupt?"

Die Tür des Büros wird geöffnet und Roy kommt herein. „Darf ich vorstellen: Dr. Bodo Bach. Rechtsanwalt für spezielle Fälle. Arbeitet mit Vorliebe für die Mafia." Dr. Bach ist erschrocken, daß ihn jemand kennt. Er schaut den Mann mit dem Rollstuhl an. Doch er kann sich nicht erinnern ihn schon mal gesehen zu haben.

„Oh, sie kennen mich?" fragt er erstaunt. Seine Augen untersuchen den Rollstuhlfahrer. >Was ist das für eine Person? < fragt er sich. Dann findet er sich wieder dem Kommissar zu.

„Sie haben es ja eben gehört. Und meine Mandanten sind Herr Boris, Herr Ulf, Herr Jogi und Herr Tim. Die sind doch bei ihnen im Gewahrsam."

Kommissar Keller hört die Namen und winkt ab. „Die Herren sind sofort frei zu lassen. Was liegt überhaupt gegen die vor?" „Tja Herr Dr. Bach, das ist nicht so einfach, wie sie sich das denken. Immerhin wird den vier Männern vorgeworfen eine Frau aufgelauert und versuchte Entführung vorgeworfen." hört Dr. Bach hinter sich. Er dreht sich um, daß er den Sprecher anschauen kann.

„Ich wüßte nicht, daß es sie etwas angeht. Was mischen sie sich überhaupt ein?" Da antwortet Kommissar Keller „Nun ja, das geht dem Herrn im Rollstuhl schon etwas an. Immerhin verdanken wir ihm den Zugriff. Das ist unser Privatermittler Roy vom Büro für Ermittlungen."

Dr. Bach schaut noch einmal den Mann im Rollstuhl an. „So. Ein Privatermittler mit Rollstuhl. Was hat ein Privatermittler bei der Polizei zu schaffen?" „Ooh, da gibt es viele Sachen. Meistens hilft er aber bei Aufklärungen von schwierigen Fällen. So, wie wir eins zur Zeit an der Hand haben." antwortet Keller. „Aha." sagt Dr. Bach nur.

„Ja, und was ist nun mit meinen Mandanten? Wann werden die frei gelassen?" „Vorerst nicht. Da muß noch einiges geklärt werden." sagt Kommissar Keller. „Ich sage Ihnen, wenn meine

Mandanten nicht sofort frei gelassen werden, wird hier der Bär tanzen." „Schwarz oder Braun?" „Wie? Was?" „Der Bär. Ein Schwarzbär oder ein Braunbär? Oder gar Eisbär?" „Wollen sie mich verschaukeln? Das wird ihnen teuer zu stehen kommen. Werde mich über sie beschweren." „Tun sie, was sie nicht lassen können. Die vier Inhaftierten bleiben wo sie sind – in der Zelle."

Dr. Bach verzieht sein Gesicht und wendet sich der Tür wieder zu. Da hört er „Jetzt fällt mir ein, woher ich sie kenne. Sie haben doch den großen Zampano Harry vertreten. Soll aber nicht viel gebracht haben für den Harry." sagt Roy da.

Dr. Bodo Bach schaut zu dem Mann im Rollstuhl. „Was wissen sie denn schon." kommt es von ihm, dann verläßt er den Raum. >Der Mann im Rollstuhl kennt mich aus der Presse. Das könnte gefährlich werden.< überlegt Dr. Bach. >Auf den muß man wirklich achten. Wer weiß, was er noch alles weiß. Hoffentlich kann man ihn irgendwie ausschalten.<

Im Büro von Keller sind nun der Kommissar und Roy allein. „Guten Morgen Roy, erstmal. Jetzt sind wir ja allein." „Ja, moin Kommissario. Ich war gerade auf dem Weg ins Büro und bin hier vorbei, da sehe ich den komischen Kauz Dr. Bach." „Und da wurdest wieder neugierig. Aber es war ja letztendlich gut, daß du hier warst. Woher kennst du überhaupt diesen Dr. Bodo Bach?" „Liest du keine Zeitung? Stand doch lang genug drin, daß er den Zampano Harry Bold vertreten hat." „Und wer ist dieser Harry Bold?" „Arbeitete für die Mafia. Die italienische Mafia."

Kommissar Keller horcht auf. „Mafia sagst du? Ist die vielleicht auch in unserem Fall mit drin?" „Möglichkeit besteht. Jetzt wo Dr. Bach hier war, nehme ich das sehr stark an." „Dann müssen wir den auch beobachten." „Das müssen dann deine Kollegen machen. Wir sind schon vollvollbeschäftigt." Kommissar Keller grinst nach der Aussage von seinem Gegenüber.

Roy macht sich auf den Weg in sein Büro. „Danke Roy, für die heutige Erkenntnis." „Rechnung kommt später." sagt Roy zum Abschied.

Draußen überlegt der Ermittler >für wen arbeitet Dr. Bodo Bach jetzt? Für wen arbeiten die vier Festgenommenen? Dr. Bach gab sich als deren Anwalt aus.< Er merkt, daß er beobachtet wird. Kann sich auch denken, von wem. Dennoch tut er so, als wäre nichts.

Roy erreicht seinen Pkw und steigt ein. Der Beobachter steht nur wenige Meter von ihm entfernt. Der Bus des Ermittlers hat getönte Scheiben. Er kann raus schauen, aber keiner kann rein schauen. Von Wageninnern schaut Roy, wo der Beobachter steht. Dann sieht er den Mittelklassewagen des Dr. Bach. >Na, worauf wartest du? Das ich dir den Weg zu meinem Büro zeige?< Dann setzt er sich ans Steuer und fährt los.

Mit wenigen Handgriffen ist der Bus vom Parkplatz runter. Der Pkw von Dr. Bach folgt ihm. >Na also? Du willst bei mir Anhänger spielen. Dann mal los.<

Roy sieht das die Ampel vor ihm auf Gelb schaltet. Da gibt er einmal ordentlich Gas und schießt über die Kreuzung rüber. Der Bach will erst folgen, bremst aber dann scharf und verhindert so einen großen Verkehrsunfall. Roy schaut in den Rückspiegel und sieht mit Genugtuung, daß Bachs Auto vor der Ampel stehen geblieben ist. Er behält die Geschwindigkeit bei und fährt ein paar Straßen weiter. Dann bleibt er zwischen zwei Lkws stehen und wartet.

Es dauert ncht lange, da erscheint der Wagen von Dr. Bach. >Aha, hast noch nicht aufgegeben. Na dann fahr mal vorbei. Ich folge dir. Mal die Rollen vertauscht.< Dr. Bach glaubt den Ermittler verloren zu haben. Seine Geschwindigkeit wird ruhiger.

„Wagen 1 an Zentrale. Wer ist zu sprechen?" sagt Roy ins Mikrofon der Funkanlage. Wenig später kommt die Antwort „Zentrale an Wagen 1. Hier ist Lukas. Was gibt's?" „Lukas, schwing dich mal auf dein Krad und komm in die Lübecker Straße. Du mußt mich mal ablösen. Verfolge gerade einen Rechtsanwalt, der die vier Jungs rausholen wollte. Meinen Bus kennt er schon." „Ok. Bin weg." Wenig später rauscht Lukas mit seinem Motorrad zur Lübecker Straße. Dort findet er sofort den Bus seines Chefs. Mal kurz einen Schwenker nach links gefahren und schon sieht er das Objekt, das es zu verfolgen gilt.

Roy hat das Krad hinter ihm gesehen. Setzt den rechten Blinker und zweigt ab. Jetzt ist Lukas direkt hinter dem Rechtsanwalt. Während Roy eine Kehrtwendung macht und dann ins Büro fährt.

Dr. Bach fühlt sich sicher und unverfolgt. Mit normaler Geschwindigkeit fährt er weiter. Lukas folgt ihm. Überholt den Rechtsanwalt und beobachtet ihn im Rückspiegel. Mit dem

Krad kann er schneller wenden als mit seinem Pkw.

Dr. Bach fühlt sich sehr sicher und unverfolgt. Darum fährt er auch direkt zum Büro seines neuen Auftraggebers Akino. Nach einer halben Stunde Fahrt ist er dort.

Lissy schaut aus dem Fenster und sieht Dr. Bach ankommen. Sie wartet, ob noch andere us dem Fahrzeug steigen. Den Motorradfahrer beachtet sie jedoch nicht.

„Chef, Dr. Bach kommt von der Polizei zurück." „Hat er etwas erreicht? Ich meine wegen den Jungs?" „Er ist allein. Von den Jungs ist nichts zu sehen."

Dann klopft es an der Tür und Dr. Bach tritt ein. „Ist Akino im Büro?" fragt er und wartet gar nicht erst die Antwort ab. Stößt die Tür des Büros auf und betritt das Büro."

„Ja, was sind das denn für Manieren? Noch nie etwas von anklopfen und warten auf Antwort gehört?" kommt es ihm entgegen. „Schlechte Nachrichten, Akino. Ich wurde bei der Polizei erkannt." „Von den Polizisten?" „Nein. Von einem Ermittler, der mit der Polizei zusammenarbeitet."

Akino zieht seine Augenbrauen hoch. „Ein Ermittler sagst du? Arbeitet für die Polizei? Hat der Ermittler auch einen Namen? Und wo ist sein Büro?" „Beides weiß ich nicht. Ich wollte ihn verfolgen, aber er hat mich gelinkt." „Auch das noch. Ich dachte Dr. Bodo Bach ist ein Profi." „Bin ich auch. Der Ermittler muß mit Personal arbeiten. Alles kann er nicht allein machen. Sitzt im Rollstuhl."

Wieder zieht Akino seine Augenbrauen hoch. „Das ist ja mal was Neues. Ein Ermittler im Rollstuhl. Und der bringt es fertig meinen Rechtsanwalt abzuschütteln." Er setzt sich in seinem Bürostuhl zurück. „Wo sind die Jungs?" „Noch im Gefängnis. Ich konnte sie nicht frei bekommen. Der Ermittler verhindete es."

Der Mann hinter seinem Schreibtisch knirscht mit den Zähnen. >Sind noch im Gefängnis.< denkt er. Dann schaut er Dr. Bach an. „Tja, mein Lieber, dann werden sie eben den Auftrag ausführen müssen. Bringen sie einen der Mitarbeiter vom Büro für Ermittlungen hierher. Verstanden?"

Dr. Bach steht im Raum und muß nun heftig schlucken. „Akino, du weißt, ich bin Rechtsanwalt. Kein Killer." „Von killen ist auch keine Rede. Du sollst mir einen der Mitarbeiter hierher holen. Die Jungs sind ja noch im Gefängnis."

Wieder muß Dr. Bach schlucken. Einen Menschen entführen soll er. So etwas hat er noch nie gemacht. Und wo das Büro für Ermittlungen ist, weißt er auch nicht.

„Na, los doch, Dr. Bach. Was stehen sie hier noch rum? Ich will einen der Mitarbeiter hier haben." Dr. Bodo Bach verläßt das Büro von Akino. Kreidebleich ist er.

„Dr. Bach, ist ihnen nicht gut? Soll ich ein Glas Wasser holen?" Dr. Bach winkt nur müde ab. „Nein, nein. Es geht schon." sagt er und verläßt das Vorzimmer. Zehn Minuten später sitzt er in seinem Auto. Bemerkt aber nicht, daß er beobachtet wird.

>Da scheint einer aber keine guten Worte gehört zu haben.<

denkt Lukas, der ihn beobachtet. Dann fährt Dr. Bach langsam los. Lukas folgt ihm. >Na, wo wollen wir denn jetzt hin?< fragt Lukas sich. Die beiden Fahrzeuge fahren wieder in die Stadt Utin. Dr. Bach muß sich erstmal orientieren, wo denn das Büro für Ermittlungen ist. Dann fährt er direkt dort hin. Lukas folgt ihm und ahnt, wo es hingehen soll.

Er fährt an Dr. Bach vorbei. Nimmt dann eine Straße nach links, wenig später fährt er rechts und direkt zum Büro. Dr. Bach hat er abgeschüttelt. Das Motorrad versteckt er. Muß ja nicht jeder gleich sehen. Dann läuft er schnellen Schrittes ins Büro.

„Ist der Chef in seinem Büro?" fragt Lukas seine Mitarbeiterin. „Nein, hier in der Tür. Was gibt's? Du hechelst wie ein Hund nach der Jagd." „Dr. Bach ist auf den Weg hierher. Ich konnte ihn mit meinem Motorrad abhängen." „So, der zwielichtige Advocat ist auf dem Wege hierher. Was der wohl will. Hast du herausbekomen, wo er hingefahren war?" „Ja. Nach Krettin. Zu einem einzelstehenden Haus. War nicht lange drin. Kam dann schwitzend wieder raus."

>Also muß in Krettin der wahre Auftraggeber sitzen. Und der hat dem Dr. Bach einen Auftrag verpaßt, der ihm überhaupt nicht schmeckt.< „Gut, Lukas, hast du gut gemacht. Dann werden wir mal auf den Herrn Dr. Bach warten. Mal sehen, was der will."

Karin schaut aus dem Fenster und sieht einen kleinen Pkw. Zwei Stellflächen hinter dem Bus des Chefs. „Ich glaube, er ist schon da. Auf dem Parkplatz steht ein kleiner Wagen. Der Fahrer ist noch drin." Lukas eilt zum Fenster und schaut raus.

„Ja, das ist er. Und nun?" Roy schaut auf die Uhr. Dann sagt er „Nun ist Kaffeezeit." „Ich meine, was machen wir jetzt?" „Habe ich doch gerade gesagt: Kaffee trinken. Der da unten kann warten. Soll wohl den Job der vier Inhaftierten erledigen."

Karin steht auf und beginnt sich warm zu machen. „Karin, das brauchst du nicht." „Was macht sie denn?" „Sich warm für einen Kampf." „Aber ich muß doch vorbereitet sein, wenn er mich überfällt." „Er wird dich nicht überfallen. Du wirst zu ihm gehen und ihn fragen, ob er dich nicht eben mal zur Bank fahren kann."

Beide schauen ihren Chef an. „Wwas soll ich? Freiwillig in sein Auto steigen? Das ist nicht dein Ernst, Chef." „Hat unsere Karatelady Angst bekommen?" „Ne, das nicht. Aber ich finde die Idee absurd. In sein Auto steigen." „Hab dich mal nicht so. Er wird dich dann, meint er, entführen. Und Lukas und ich folgen euch." „Und dann?" „Kommen wir dem Auftraggeber auf die Schliche."

„Aber mit euch Kaffee trinken darf ich noch, oder?" „Das darfst du, Karin. Wir lassen dich nicht im Stich." „Weiß ich doch, Chef. Nur die Idee kam so überraschend."

Lukas holt das Kaffeegeschirr und stellt es auf den Tisch. Karin holt den Kaffee. Beide setzen sich an den Tisch und warten auf den Chef. Der ist kurz in sein Büro und kommt mit einem Kuchentablett zurück. Lukas springt auf und will es ihm abnehmen. „Bleib sitzen, Lukas. Das mag der Chef nicht, wenn man ihm etwas wegnimmt." „Wollte doch ..." „Eben, das meine ich." Lukas steckt seine Beine wieder unter dem Tisch.

„Na, Karin, hast dem Bub mal Benimmregeln beigebracht?" „Jaaa." antwortet sie und grinst. Lukas verzieht derweil sein Gesicht.

Roy kommt mit einem Tablett voller Kuchenstücke an den Tisch gerollt. Stellt das Tablett in die Mitte des Tisches und nimmt dann seinen Sitzplatz ein. Die Tassen sind bereits mit Kaffee gefüllt. „So, Lukas, jetzt darfst du – zugreifen beim Kuchen. Und Karin auch."

Die Kaffeezeit hat eine Dauer von einer Stunde. Dabei wird das Telefon nicht außer Acht gelassen. Es könnte ja ein wichtiger Anruf ankommen.

Nach dem die Kaffeerunde beendet ist, räumt Karin den Tisch leer. Dann sammelt sie ihre Sachen zusammen und sagt „Ihr laßt mich wirklich nicht im Stich?" Die Antwort vom Chef ist ein Griff um ihre Taille verbunden mit einem Zug auf seinen Schoß. „Nein, Kleines, wir lassen dich nicht im Stich. Geh ruhig in die Höhle des Löwen." Karin steht wieder auf, dreht sich um und gibt ihrem Chef einen Kuß.

„Was ist das denn?" wundert sich Lukas. „Aufmunterung zur schweren Tat." „Karin, ich laß dich auch nicht im Stich. Werde am Fenster beobachten und dann mit dem Chef im Abstand folgen. Weiß ja, wo es ist." „Danke Lukas." sagt Karin. Dann verläßt sie das Büro.

Roy und sein Mitarbeiter stehen am Fenster und beobachten was sich unten gleich abspielen wird. Nach einigen Minuten erscheint Karin auf dem Parkplatz. Dr. Bach steigt aus seinem Wagen. „Junge Frau, ich suche das Büro für Ermittlungen.

Können sie mir sagen, wo ich es finde?" Karin geht auf das Spielchen ein. „Ich komme gerade daher. Soll ich sie hinbringen?" „Arbeiten sie denn dort?" fragt der Rechtsanwalt. „Ja, aber ich habe jetzt Feierabend." „Das ist gut, dann steigen sie mal in mein Auto. Sie werden mit mir fahren."

Dr. Bach hat plötzlich einen Revolver in der Hand. Karin sieht die Waffe und sagt gelassen „Wenn sie mich so höflich darum bitten." Normalerweise hätte Dr. Bach keine Chance gegen Karin mit seiner Waffe, aber sie hat ja Order mitzugehen.

Die beiden am Fenster drehen sich um „Auf geht's." sagt Roy. „Soll ich mit dem Krad fahren? Bin dann schneller." „Und wie finde ich den Weg?" Lukas schiebt seinen Chef schnell zum Auto. Der Einstieg geht auch schnell. Dann sind sie auf der Verfolgung.

*

Im Krankenhaus kommen immer mehr Patienten an, die von dem Leitungswasser genommen haben und nun erkrankt sind. Dr. Block sieht das ganze bereits mit Sorgenfalten im Gesicht. Bald ist die Aufnahmekapazität des Krankenhauses voll erschöpft.

>Was machen wir bloß? Es hört ja gar nicht mehr auf. Und ein Gegenmittel gibt es nicht. Doch die Leute einfach so ihrem Schicksal überlassen, können wir auch nicht.<

Er nimmt sich ein Herz und ruft in der Pathologie an. Nach wenigen Minuten meldet sich Dr. Lanz „Ja, Dr. Lanz hier. Was kann ich tun?" „Block hier. Es kommen immer mehr Personen, die von dem Wasser genommen haben. Was kann man denn machen? Sie einfach sterben lassen ist doch nicht Sinn des Krankenhauses." „Das stimmt, Herr Kollege. Aber ich weiß zur Zeit noch nicht, wie man Herr der Lage werden kann. Was sagt denn die Polizei oder das Büro für Ermittlungen?" „Da habe ich noch gar nicht angerufen. Werde es gleich mal tun." „Ja, ist auf alle Fälle besser als Trübsal blasen."

Das Gespräch wird beendet. Dr. Block wählt die Nummer vom Büro für Ermittlungen. Doch er wartet vergebens auf einen Kontakt. Dann ruft er bei der Polizei an. Dort hat er mehr Glück. „Ja, Keller hier." „Hier ist Dr. Block vom Krankenhaus. Ich wollte mal hören, ob es schon Ergebnisse gibt. Wie kann man das ganze überhaupt stoppen. Das Krankenhaus hat bald keine Aufnahmemöglichkeit mehr."

Der Kommissar hört die Sorgen des Arztes. „Sie meinen im Fall des Leitungswassers. Ja, Dr. Block, da sind wir auch noch nicht viel weiter. Habe eben erfahren, daß das Büro für Ermittlungen einer Spur nach geht. Die könnte etwas Aufschluß geben. Aber ein Gegenmittel kann ich ihnen nicht präsentieren." „Die Leute kommen ins Krankenhaus in der Hoffnung auf Hilfe und wir können nur beim Sterben zu schauen." „Ja, das ist schrecklich. Aber wir können auch nicht helfen. Nur die Täter suchen und festnehmen – wenn wir sie finden."

Dr. Block beendet das Gespräch. Es kommen ihm Tränen in die Augen. Tränen der Hilflosigkeit. Die Tür seines Büros wird geöffnet und eine Schwester will ihn zu einer Operation holen. „Was ist mit ihnen, Dr. Block? Sie weinen ja." Doch der Arzt winkt nur ab.

*

Im Polizeirevier werden die vier Männer wieder zum Verhör gebracht. Jeder wieder in ein anderes Zimmer. „Geht das Theater denn wieder los?" kommt es von Jogi. „Das hier ist kein Theater, sondern ein Polizeirevier und sie sind jetzt im Verhör." „Sag ich doch: Theater." Der Beamte, der Jogi vernehmen soll, knallt die Hand auf die Tischplatte. Jogi zuckt zusammen.

„Ich bin wach. Sie brauchen hier keinen Krach machen." kommt es von ihm. „Wenn sie wach sind, können sie ja endlich die Fragen beantworten. Wer ist ihr Auftraggeber? Was wollten sie von der Frau des Büros für Ermittlungen? Sollte es eine Entführung werden? Wofür?"

„Ist das nicht ein bißchen viel auf einmal? Die kann ich mir nicht alle merken." Der Beamte setzt sich in seinem Zorn auf seinen Stuhl. „Also, noch einmal: Wir machen es langsam. Wer ist ihr Auftraggeber?" Jogi zuckt mit den Achseln. „Den Namen des Auftraggebers hätten wir gern von ihnen." „Den weiß ich nicht. Boris ist immer mit ihm im Kontakt gewesen."

Ein Zimmer weiter sitzt Boris. „Na, Boris, den Namen ihres Auftraggebers werden sie ja wohl kennen." Boris schaut seinem Gegenüber ins Gesicht. „Wir durften ihn immer nur mit Chef anreden. Er ist ja auch unser Chef." „Aha, und was wollten sie von der Frau aus dem Büro für Ermittlungen?" „Welche Frau?" „Die sie mit ihren Männern überfallen haben. Mensch." „Ich weiß, das ich ein Mensch bin. Brauchen sie mir nicht zu sagen." „Die Frau. Männeken, was wollten sie von der Frau?" „Wie haben sie mich eben genannt? Männeken? Das wird ihnen teuer zu stehen kommen."

Der Beamte erhebt sich von seinem Stuhl und dreht eine Runde in dem Raum. „Sie müssen immer hin und her gehen. Macht unser Chef auch immer, wenn er überlegt."

„Ich warte auf die Antworten meiner Fragen." „Ach so, ja. Können sie die noch einmal wiederholen."

Alle vier weichen immer wieder den Fragen aus. Die Beamten erfahren nichtr ein bißchen.

Bei Kommissar Keller klingelt wieder das Telefon. „Ja, Keller. Was gibt's?" „Oh, Kommissario heute kurz angebunden. Wollte nur mitteilen Wir sind auf dem Weg nach Krettin." „Aha, und was wollt ihr da? Baden?" „Ne, dafür ist jetzt keine Zeit. Karin ist in einem fremden Auto mitgefahren. So zu sagen entführt." „Oh Gott, die arme Frau." „Nein Gott hat es vielleicht gesehen. Aber es war keine echte Entführung. Verstanden Kommissario?"

Keller schüttelt seinen Kopf. „Wie keine echte Entführung. Was heißt das denn nun schon wieder?" „Ich habe ihr gesagt, sie soll mitfahren. Den Chauffeur kennen sie im übrigen. Sein Name Dr. Bodo Bach." Wieder muß Keller schlucken.

„Roy, was ist das denn nun wieder für ein Spielchen?" „Halten sie die Kavallerie in Bereitschaft. Ich melde mich, wenn Einsatz kommt." Dann ist das Gespräch beendet.

Kommissar Keller schaut vor sich hin. >Was haben Roys Leute wieder rausgefunden? Sind nach Krettin. Und dieser Dr. Bach ist auch dabei.< Dann geht er in das Zimmer, wo Boris verhört wird. „Boris, wer oder was ist in Krettin versteckt? Euer Dr.

Bach ist auf dem Weg dorthin und hat Karin entführt." Boris schaut dem Kommissar ins Gesicht. „Ich weiß von keinem Nest Krettin. Und wer ist diese Karin?" „Karin ist die Mitarbeiterin, die euch den Garaus gemacht hat."

Boris muß nun grinsen. >Hat der Dr. Bach das geschafft, was wir nicht fertig bekommen haben. Das ist toll. Er muß mir mal verraten, wie er das angestellt hat.< „Brauchst gar nicht so dämlich grinsen. Die Frau hatte Order sich nicht zu wehren."

Nun muß Boris schlucken. >Die ist freiwillig mitgegangen. Das ist gemein. Dann wissen die offenbar mehr, als die Polizisten hier. Das ist widerwärtig.<

„Na, haben wir es uns jetzt überlegt? Kommen jetzt die Antworten, auf die wir warten?" Boris muß immer noch schlucken.

„Bringt ihn weg. Am besten in ein dunkles Loch, wo er nachdenken kann." kommt es von Keller. „Aber Chef, daß dürfen wir doch gar nicht. Das gibt bestimmt Ärger." „Den hast du gleich, wenn der Boris nicht ins Loch kommt."

Boris wird abgeführt. Ebeso seine Kumpanen.

„Was machen wir jetzt?" fragt der Inspektor. „Warten, das Roy anruft. Ist das MEK informiert?" „Die warten auf den Einsatz."

*

Lissy steht am Fenster ihres Büros. Ein Auto kommt mit hoher Geschwindigkeit den Weg entlang. Lissy erkennt das Auto erst, als es vor dem Grundstückstor steht. Es ist Dr. Bach's Fahrzeug. Dann sieht sie Dr. Bach schnell aussteigen und um das Fahrzeug gehen. Öffnet die Beifahrertür und wartet. Es steigt eine Frau aus.

Lissy läuft zur Zwischentür, öffnet sie und sagt „Dr. Bach ist gekommen. Er hat eine Frau bei sich." „Hoffentlich die richtige. Nämlich vom Büro für Ermittlungen."

Die Tür zum Vorzimmer wird aufgestoßen. „So, da wär ich wieder. Habe auch Besuch mitgebracht." Dr. Bach schiebt sein Mitbringsel vor sich her. Akino kommt ins Vorzimmer und betrachtet die Frau, die hereingebracht wurde. „Wo kommt sie her?" „Aus dem gefährlichen Büro." „Sagen sie nicht, sie haben die Frau aus dem Büro geholt." „Nein, ich habe gewartet, bis jemand aus dem Gebäude kam." „Aha, und woher wissen sie, daß die Frau aus dem Büro kommt?" „Wir können sie ja fragen."

Akino dreht sich um und verschwindet in seinem Büro. Während des Drehens winkt er dem Rechtsanwalt ihm zu folgen. Dies tut er und schiebt Karin wieder vor sich her. Hinter ihm schließt sich die Tür.

Akino hat einen Stuhl in die Mitte des Raumes gestellt. „Hinsetzen." sagt er nur zu Karin. Dr. Bach stubst sie mit seiner Waffe an. Karin begibt sich zum Stuhl und setzt sich hin. Sofort beginnt Dr. Bach Karins Arme hinter dem Stuhl zusammen zu binden. Auch die Beine bindet er am Stuhl fest. Dann geht er zum Schreibtisch von Akino. „So, die kann erst mal gar nichts anstellen.

Im Vorzimmer steht Lissy wieder beim Fenster. Den Wagen von Roy sieht sie nicht. Das steht hinter einer hohen Hecke. Roy sitzt in seinem Rollstuhl und fährt vorsichtig näher an das Haus.

Lukas ist in der Zwischenzeit zum Strand gewechselt und nähert sich von dort dem Haus. Der Weg vom Auto zum Haus ist leicht befestigt. So kommt der Rollstuhl gut vorwärts.

Per Funk fragt Roy seinen Mitarbeiter „Wie sieht das wohl im Haus aus? Wenn dort eine Treppe ist, habe ich keine Chance nach oben zu gelangen." „Ich war noch nicht drin. Nur Karin könnte die Frage jetzt beantworten."

Akino und Dr. Bach haben sich vor Karin aufgebaut. „Nun, Mädchen, wer ist ihr Boß?" kommt es von Akino. „Ich habe keinen Boß. Ich habe einen Chef." antwortet sie. Die beiden Männer schauen sich an. „Haben sie das gehört? Sie hat keinen Boß. Sie hat einen Chef." sagt Akino.

„Und? Wie heißt ihr Chef?" Karin überlegt, ob sie den Namen preisgeben darf. „Er heißt Roy." „Aha, Roy also."

Die Haustür öffnet sich leise. Ein Rollstuhl fährt vorsichtig ins Haus. Dann schließt sich die Tür wieder. Derweil sucht Lukas noch nach einem Einstieg ins Haus. Da entdeckt er die kleine Terrasse zur Strandseite. Mit wenigen schnellen Schritten ist er dort. Hinter einem Strandkorb versteckt er sich. Erst mal die Lage peilen.

Ein Fenster ist auf Klapp gestellt. Durch dieses Fenster hört Lukas Stimmen. Eine davon ist weiblich. Es ist Karins Stimme.

>Wie weit der Chef wohl ist. Ins Haus rein wäre ja kein Problem. Aber drinnen? Karin ist jedenfalls unten im Zimmer. Also für den Chef möglich.<

Dann sieht Lukas die Terrassentür einen Spalt offen stehen. Schnell rüberhuschen und rein.

Karin wird weiter von den Männern verhört. „Was untersucht ihr? Helft ihr der Polizei?" Karin antwortet nicht auf die Fragen. Dr. Bach wird es ein wenig zu bunt. Mit wenigen Schritten ist er bei ihr. „Was untersucht ihr für einen Fall? Und helft ihr der Polizei hat Akino gefragt." zischt er der Frau ins Gesicht.

Karin hört den drohenden Ton aus Dr. Bachs Stimme. Doch sie antwortet nicht. Dr. Bach hebt die Hand um Karin eine ordentliche Ohrfeige zu verpassen. Doch da sagt Akino „Nein, Bach, so nicht."

Dr. Bach dreht sich dem Sprecher zu „Was haben sie gegen eine Ohrfeige? So etwas hat schon manchem zum Reden gebracht." „Bei ihnen vielleicht. Aber nicht bei mir."

Karin atmet auf. >Also Schläge an Frauen mag der Kerl nicht. Was hat der denn für Mittelchen?< überlegt Karin. Sie beobachtet Akino. Sieht, wie er an einen Schrank geht. Dr. Bach bleibt bei ihr stehen. Akino öffnet den Schrank und holt eine Spritze heraus. Dann noch ein kleines Fläschchen in die er die Nadel der Spritze hinein steckt. Dann zieht er mittels des Drückers ein wenig des Inhaltes in die Spritze, stellt das kleine Fläschchen wieder in den Schrank und verschließt diesen. Dann kehrt er zu Karin zurück.

Karin sieht die Spritze in seiner Hand. >Was hat er damit vor?< fragt sie sich. >Sind meine Kollegen in der Nähe?<

Ihre Arme werden hinter dem Stuhl gelöst. Sie nimmt ihre Arme nach vorne und reibt sich die Handgelenke. Dr. Bach greift nach einem der Arme, zieht den Ärmel ihrer Bluse hoch. Akino kommt mit der Spritze näher. „So, gute Frau, jetzt werden sie uns verraten, was wir wissen wollen. Wenn nicht, werde ich ihnen den Inhalt dieser Spritze in den Arm schieben."

Karin bekommt Angst. >Was soll sie machen? Wenn in der Spritze das selbe Zeug ist, wie im Leitungswasser, wird sie auf alle Fälle sterben.< Sie schaut Dr. Bach an. Dann Akino. Sie weiß nicht, was sie machen soll. Der Griff an ihrem Arm ist hart. Ihre Beine sind am Stuhl gebunden.

Keiner der drei bemerkt, das die Tür geöffnet wird. Ein Mann kommt in den Raum. Dann fliegt ein Gegenstand durch die Luft. Er trifft genau den Arm mit der Spritze. Der Arm wird durch die Wucht zur Seite gestoßen. Dann folgt ein Schlag auf den Arm. Akino sieht die Spritze, die eben noch in seiner Hand war, zu Boden fallen. Sein Blick ist ungläubig.

Karin atmet tief durch. Dann stößt sie ihre Beine schlagartig auf den Boden, so daß der Stuhl nach hinten umkippt. Dr. Bach ist überrascht. Kann noch gar nicht realisieren, was geschehen ist. Lukas hat Akino von hinten gegriffen und hält den rechten Arm Akinos auf den Rücken gedreht.

Karin liegt auf dem Rücken und schaut zur Seite. Sie sieht ein paar Räder. Erleichterung durchströmt ihren Körper. Dr. Bach dreht sich um und schaut in die Augen eines Rollstuhlfahrers.

„Der Mann mit dem Rollstuhl." kommt es aus seinem Mund. „Sehen, sie Dr. Bach, so schnell sieht man sich wieder. Gestern noch im Polizeirevier und heute hier am Strand. Sie wollten doch nicht meiner Mitarbeiterin weh tun? So was mag ich überhaupt nicht."

Akino sieht seinen Rechtsanwalt und den Rollstuhlfahrer. „Wwas iist hhier üüberhaupt llos? Bach erklären sie mir das." Dr. Bach dreht sich ein bißchen und sagt dann „Das ist der Mann vom Büro für Ermittlungen. Der Chef der Frau. Und sie sind im Griff eines Mitarbeiters des Rollstuhlfahrers."

Akino versucht aus dem Griff herauszukommen. „Schön ruhig bleiben. Der Griff wird nicht geändert."

Roy versucht an die Spritze zu kommen. Karin erkennt das und greift zu. Dann gibt sie die ihrem Chef. „Danke, Karin. Dr. Bach lösen sie doch die Beinfesseln der Frau. Könnte sich eventuell positiv für sie erweisen. Aber keine falschen Tricks, sonst piekst es."

Dr. Bach schaut auf die Spritze in Roys Hand und löst schnell die Beinfesseln. Dann steht er kreidebleich im Raum.

Roy schaut sich Akino genau an. Dann sagt er „Irgendwo habe ich das Gesicht schon mal gesehen. Kann es sein, daß sie von Sizilien kommen? Dem Ort der großen Paten?"

Karin erhebt sich und fragt kurz „Chef, was ist denn mit der Dame im Vorzimmer?" „Ist müde geworden. Schau mal nach, ob sie noch heia bubu macht. Dann stoß auch gleich ins Posthorn für die Kavallerie."

Karin schaut ihren Chef von der Seite an >ist müde geworden. Roy hat bestimmt nachgeholfen.< Dann geht sie ins Vorzimmer und sieht Lissy auf ihrem Stuhl sitzen und mit dem Oberkörper liegt sie auf dem Schreibtisch. Den Hörer vom Telefon zur Hand und die Nummer der Polizei gewählt.

Das Telefon bei Kommissar Keller klingelt dreimal. Dann ist es ruhig. „Auf geht's. Einsatz für die Kavallerie in Krettin." sagt er. „Woher wissen sie, daß es von Roy kam?" „Das verabredete Zeichen." Der fragende Polizist schaut ein bißchen entgeistert. Folgt aber dem Kommissar.

Ein enger Mitarbeiter des Kommissars sagt „Haben die vom Büro für Ermittlungen wieder zugeschlagen?" „Naja, Karin war Köder. Und die restlichen zwei haben dann die Herrschaften überwältigt." „Sag ich doch: wieder zugeschlagen."

Die Kolonne der Einsatzfahrzeuge ist nach wenigen Minuten unterwegs. Sie brauchen gut 20 Minuten, dann sind sie am Einsatzort. Kommissar Keller stürmt mit seinen Kollegen ins Haus. Schaut nur im Vorzimmer zu der Frau, die am Schreibtisch schläft. „Wer schläft, der sündigt nicht. Mitnehmen." sagt er kurz.

Im Nebenzimmer findet er die anderen Personen, die festgehalten werden. „Gut, das sie da sind. Ich werde hier rechtswidrig festgehalten." „Ich korrigiere: rechtsmäßig. Tja, Dr. Bach, so schnell sieht man sich wieder. Und so schnell kommt die Wahrheit ans Licht. Bringt ihn weg."

Dr. Bach und Lissy werden zu den Fahrzeugen der Polizei geführt.

Im Hause befinden sich noch das Ermittlerteam, Kommissar Keller und Akino. „Jetzt zu ihnen." sagt Keller. „Wer sind sie und was wollen sie hier veranstalten?" „Kommissario, das sind gleich zwei Fragen auf einmal. Ob der Herr die so beantworten kann?" „Roy, da muß er jetzt durch. Also, ich höre."

Akino schaut den Mann im grauen Anzug an. „Wer will das überhaupt wissen?" antwortet Akino. „Ach ja, sorry, hab vergessen mich vorzustellen. Ich bin Kommissar Keller. Die Mitarbeiter des Ermittlerteams kennen sie ja bereits."

Akino schaut von einer Person zur anderen. Ein Mann im Roll-stuhl hat ihn und seine Männer besiegt. Ein abscheulicher Ge-danke für ihn. „Mein Name ist Akino. Ich habe hier ge-schäftlich zu tun. Wo ist eigentlich Herr Wagner? Das ist mein Geschäftspartner."

Keller schaut den Mann vor sich genau an. Dann zu Roy und wieder den Mann. „So, Herr Wagner ist ihr Geschäftspartner. Nun, der sitzt in einer Zelle auf unserem Revier. Was machen sie denn für Geschäfte mit Herrn Wagner? In einer Stadt herrscht nämlich Chaos, weil es kein Leitungswasser gibt." „Was habe ich damit zu tun?"

„Ich denke sehr viel. Sie haben doch Herrn Wagner einen Brief geschrieben." meldet sich Roy zu Wort. „Ist das jetzt schon verboten? Briefe zu schreiben." „Das schreiben als solches nicht. Nur der Inhalt des Briefes, der ist verboten." „Und was soll ich geschrieben haben?"

142

„Offensichtlich haben sie Herrn Wagner einen Erpresserbrief geschickt. Woraufhin Herrn Wagner wohl nichts anderes übrig blieb, als das Leitungswasser einer ganzen Stadt zu verunreinigen."

Dem Mafioso bleibt die Sprache weg. „Ich soll was getan haben?" „Ich sag es kurz und knapp: Herrn Wagner erpreßt." „Mama Mia, ich soll jemanden erpreßt haben. Was stand denn im Erpresserbrief drin?" „Ihre Mama kann zu Hause bleiben. Sie stecken hinter dem ganzen Spektakel in Utin. Geben sie es doch zu."

„Sie haben mir noch nicht gesagt, was in dem sogenannten Erpresserbrief stand. Es ist einfach jemanden für etwas zu beschuldigen. Im Nachhinein stellt sich dann heraus, daß der arme Mensch unschuldig war bzw. ist."

„Ich habe den Brief jetzt nicht hier." entgegnet Kommissar Keller. „Schade. Sehr schade. Ich hätte ihn zu gerne gelesen." „Und zerrissen." kommt es von Roy. „Aber ich denke, wenn wir hier suchen, finden wir bestimmt eine Zweitschrift." „Haben sie dafür einen Durchsuchungsbeschluß?"

Kommissar Keller sagt da „Den braucht ein Privatermittler nicht. Nur Polizeibeamte. Und die drei hier sind keine Polizeibeamten." „Oh, das wird ja immer schöner. Die Polizei bedient sich Schnüfflern. Mal ganz was neues."

„So neu ist das nicht. Schon immer haben sich Militär und Polizei private Hilfskräfte zu nutze gemacht." „Aha." kommt es kurz vom Mafioso. Er beginnt wieder hin und her zu gehen. Wie immer, wenn er stark nachdenken muß.

„Was wandern sie eigentlich so hin und her? Sind sie etwa nervös?" fragt Keller. „Nein, ich denke nach." ist die Antwort. „Worüber? Was sie uns jetzt neues auftischen können? Wie wäre es mit der Wahrheit?"

Lukas fragt seinen Chef „Soll ich ihm beim Nachdenken helfen? Vielleicht sagt er dann die Wahrheit." „Lukas, wir sind in einem Strandhaus. Nicht im Hochhaus, wo man die Leute mal eben Kopfüber über die Balkonreling halten kann, damit sie schneller reden." „Ich meine ja nur."

„Lukas, wollte doch wieder Boxtraining machen. Mit einem Pb." „Nun ist gut, Karin. Der Kommissario wird uns schon sagen, wenn er uns braucht." Keller hört das Gespräch und beginnt zu grinsen.

„Roy, deine Leute haben aber Ideen." „Nicht nur die, Kommissario, nicht nur die. Ich weiß auch einiges." Wieder grinst Kommissar Keller „Wir sind aber nicht auf Sizilien, sondern in Deutschland."

Akino hört die Worte und wird etwas bleich im Gesicht. Erst Recht nach den Worten 'nicht auf Sizilien'. „Was ist Mister Mafioso, ist ihnen nicht gut? Sie werden so bleich im Gesicht." Akino winkt nur ab.

„Was wollen sie eigentlich von mir? Ich habe doch nichts getan." „Doch, sie haben dem Geschäftsführer Wagner erpreßt. Woraufhin der das Leitungswasser verunreinigt hat." „Haben sie dafür Beweise?"

Mit der Frage hat Keller nicht gerechnet. >Der ist ja genauso hart, wie sein Rechtsanwalt.< Der Kommissar schaut zu dem Ermittlerteam. Doch hier gibt es nur Schulterzucken. Dann sagt Roy „Wir werden mal sehen, wo der Brief jetzt liegt."

Akino hört die Worte und fährt herum „Wo der Brief liegt? Haben sie denn einen?" Er schaut zu dem Rollstuhlfahrer. „Sie haben wirklich einen Erpresserbrief mit meiner Unterschrift?" „Hab doch gesagt, müssen mal schauen, wo der jetzt liegt."

Akino wird noch blasser, als er ohnehin bereits war. >Wenn die den Erpresserbrief haben, bin ich erledigt.< denkt er. >Zu Hause hatte Wagner den Brief bestimmt nicht. Da hätte seine Frau ihn gefunden.< sinnt er nach.

Während der Mafioso noch überlegt, verläßt das Ermittlerteam das Haus am Strand. Die Polizei ist ja jetzt vorhanden.

„Wo fangen wir denn mit der Suche nach dem Brief an?" „Zunächst fragen wir mal die Putzfrau Emma Hansen. Die hat das Schreiben offenbar zu letzt gesehen." „Weil sie davon gesprochen hat?" „So ist es." „Wo finden wir die Person denn?" Roy schaut auf die Uhr und sagt dann „In den Stadtwerken. Wenn sie nicht Urlaub hat." Die drei machen sich auf den Weg zu den Stadtwerken.

*

Die Putzkolonne ist seit einer halben Stunde in den Stadtwerken von Utin. Die verschiedenen Damen und Herren sind noch dabei ihre Utensilien für die Arbeit zusammen zu suchen.

Emma Hansen ist nicht im Urlaub, sondern mit in den Stadt-werken. Sie sucht ihren Putzwagen, füllt die Eimer mit Wasser und dem notwendigen Reinigungsmittel. Dann schiebt sie den Wagen vor sich her und geht zu dem ersten Büro, daß sie zu reinigen hat.

Das erste Büro ist das des Geschäftsführers. Sie geht hinein und sieht, daß es unbenutzt ist. >Egal, putze ich trotzdem.< Auf dem Schreibtisch liegen nur wenige Schreiben. Diese sollten eigentlich vom Geschäftsführer unterschrieben werden. Ansonsten liegt etwas Staub auf dem Tisch.

Plötzlich hört Emma eine Stimme hinter sich. Sie hat aber niemanden kommen hören. „Guten Abend Frau Hansen. Wie ich sehe, sind sie im Büro des Geschäftsführers." Emma er-schrickt und dreht sich zu dem Sprecher um. Sie sieht einen Rollstuhlfahrer vor sich.

„Ja, das bin ich. Hier fange ich immer meine Tour an. Was gibt es denn?" „Och nichts besonderes. Nur ein paar wichtige Fra-gen."

Emma schaut den Mann im Rollstuhl an. Irgendwoher kennt sie diesen Mann. „Wer sind sie? Das sie mir Fragen stellen wollen." antwortet sie. „Ich bin vom Büro für Ermittlungen. Sie müßten mich doch noch kennen. Waren doch selbst bei mir."

Jetzt fällt es ihr wieder ein. Richtig, sie war in dem Büro wegen der Sache mit dem Geschäftsführer Herrn Wagner. „Sorry, das hatte ich vergessen. Was wollen sie denn noch von mir?" Roy fährt näher ins Büro, daß er die Tür schließen kann.

„Frau Hansen, sie hatten mir bei ihrem Besuch erzählt, daß sie ein Schreiben, gerichtet an Herrn Wagner, gesehen haben. Wissen sie, zufällig, was in dem Schreiben stand?"

Die Frau schaut dem Mann im Rollstuhl fragend an „Sie glauben doch nicht etwa, ich lese fremde Briefe?" „Glauben tue ich gar nicht. Ich frage nur. Es könnte ja sein."

„Wenn ich das jetzt zugebe, habe ich mich dann strafbar gemacht?" Roy schüttelt seinen Kopf. „Keine Angst, Frau Hansen. Wenn sie es zufällig gelesen haben und mir sagen könnten, was darin gestanden hat, helfen sie sogar bei der Aufklärung einer Straftat. Und wenn sie mir noch sagen könnten, wo das Schreiben geblieben ist, wäre es noch besser."

Emma Hansen unterbricht ihre Reinigungsarbeit und überlegt. >Doch das eigenartige Schreiben an Herrn Wagner hatte sie gesehen. Wo hat sie es denn hingepackt?< Sie beginnt auf dem Schreibtisch zu suchen. Schaut in den Ablagekorb, unter die Schreibunterlage, dann sucht sie die Akten auf dem Tisch einzeln durch. Nichts zu finden.

„Putzen auch andere in diesem Raum?" „Nur wenn ich krank bin oder im Urlaub. Die Räume müssen ja immer gemacht werden. Aber ich war in letzter Zeit nicht krank und nicht im Urlaub." „Oder haben sie das Schreiben in den Rundordner, sprich ..." „Ne, so etwas mache ich nicht. Briefe vernichten. Und dann noch fremde. Ne, ne, ne." „War ja nur eine Frage." „Ich weiß. Verdammt, wo kann das Ding denn noch sein? Herr Wagner war ja lange nicht mehr hier. Also kann das Ding doch nicht weg sein."

„Stimmt, Herr Wagner sitzt auf dem Polizeirevier. Der kann es in letzter Zeit nicht genommen haben."

Emma Hansen läßt ihren Putzwagen stehen und sucht im gesamten Büro nach dem Schreiben. Dann öffnet sie die Schublade des Schreibtisches und sieht das Schreiben, was sie gesucht hat.

„Hey, Emma, wir dürfen doch nicht die Schubladen öffnen. Wenn das der Chef erfährt." Roy rollt zur Bürotür und sagt „Sie hat es ja für mich getan. Also nicht selbständig." „Ja, und wer sind sie? Wenn ich fragen darf." „Ich komme vom Büro für Ermittlungen und brauche das Schreiben für unseren Fall mit der Wasserleitung." „Aha, ja dürfen sie das denn? Ich meine, daß ist doch Sache der Polizei." „Doch, doch, das hat schon alles seine Richtigkeit. Sie können gerne Kommissar Keller fragen." „Ach, dann arbeiten sie für die Polizei." „So ist es. Für die Polizei und die Staatsanwaltschaft."

Emmas Kollegin geht weiter und schüttelt den Kopf.

Emma Hansen steht mit dem Schreiben in der Hand neben dem Rollstuhl. „Das ist das Schreiben, was ich zufällig gelesen habe." Roy schaut sich das Schreiben an. Es ist an Herrn Wagner persönlich gerichtet. War also privat. Er schaut wer das Schreiben unterzeichnet hat. Dann muß er breit grinsen.

„Tja, Frau Hansen, damit haben sie sich eine Aussage vor Gericht erspart. Das ist der Beweis, daß Herr Wagner tatsächlich bedroht wurde. Und den Auftraggeber haben wir auch jetzt in der Hand."

Emma Hansen schaut sich erschrocken um „Aber sie haben doch nur das Schreiben in der Hand. Keine Person, geschweige denn den Auftraggeber." Emma Hansen schaut dem Mann im Rollstuhl an.

„Das ist richtig, Frau Hansen. Ich habe hier nur das Schreiben. Aber das ist unterschrieben. Und somit habe ich den Namen des Auftraggebers." „Aha. Dann muß ich ja künftig aufpassen, was ich unterschreibe." „Besser ist es. Wenn der Schrieb von anderen Personen kommt. Kann man hier irgendwo kopieren?" „Der Kopierer ist beim Sekretariat."

Roy dreht seinen Rollstuhl und verläßt den Raum. Er hat das Schreiben in seine Innentasche verstaut. Jetzt ist er auf dem Weg zu seinem Fahrzeug. >Hab ich mir das doch gedacht. Der Mafioso selbst hat das Schreiben unterzeichnet. Da wird er aber große Augen machen.<

Nach wenigen Metern erreicht er das Büro des Sekretariats. Es ist natürlich nicht mehr besetzt. Aber zufällig ist eine Putzkraft in dem Raum.

„Guten Abend, lassen sie sich nicht stören. Ich brauch mal kurz eine Kopie." Die Frau schaut sich um „Der Kopierer steht dort in der Ecke. Aber wer sind sie eigentlich? Und dürfen sie das überhaupt?" „Ich bin vom Büro für Ermittlungen und benötige die Kopie aus Sicherheitsgründen. Herr Wagner hätte bestimmt nichts dagegen, da es ihm ja helfen wird."

Roy fährt zum Kopierer, steckt den Stecker in die Steckdose, schaltet das Gerät ein und wartet ab, bis es betriebsbereit ist. Dann macht er seine Kopie. Anschließend schaltet er das Gerät wieder aus und fährt noch einmal in das Büro von Herrn Wagner. „Frau Hansen, sind sie noch da?" „Ja, ich bin noch hier. Aber ich bin jetzt hier fertig." „Können sie dies Schreiben noch wieder dort deponieren, wo sie es gefunden haben? Es ist das Originalschreiben. Die Kopie nehme ich mit. Man kann ja nie wissen."

Emma Hansen nimmt das Originalschreiben und verstaut es wieder dort, wo sie es gefunden hatte. „So, das hätten wir. Und jetzt?" „Jetzt werde ich mich auf den Weg nach Hause machen und sie müssen ja noch arbeiten."

Roy dreht seinen Rollstuhl und verläßt das Gebäude. In seinem Gesicht ein breites Grinsen. Bei seinem Fahrzeug angekommen, bemerkt er, daß er beobachtet wird. Er läßt sich nichts anmerken und steigt in sein Auto. Dann fährt er fort.

*

Auf dem Polizeirevier sitzt Dr. Bodo Bach im Büro von Kommissar Keller. „Tja, Herr Bach, so schnell kann es gehen. Gestern noch ein freier Mann und heute in Handschellen." „Dr. Bach bitte. So viel Zeit muß sein." „Ob Dr. oder nicht Dr. spielt hier jetzt keine Rolle. Fakt ist, sie sind im Polizeigewahrsam."

Dr. Bach schmollt vor sich hin. Ja, Handschellen hat er noch um. So kann er jedenfalls nicht weg. „Kommen wir doch mal zur Sache." sagt Keller. „Es wird ihnen zur Last gelegt die Mitarbeiterin Karin entführt zu haben. Haben sie zum Mafioso Akino gebracht." „Die ist doch freiwillig mitgekommen." „Nicht ganz. Herr Doktor Bodo Bach. Nicht ganz." „Aha. Und wie so nicht ganz?" „Hätte sie das getan, was sie eigentlich von

150

sich aus wollte, säßen sie nicht hier. Sondern wären mit gebrochenen Knochen im Spital."

Dr. Bach schaut erschrocken auf „Wie? So ein Teufelsweib ist das?" „Das ist kein Teufelsweib, sondern eine Privater—mittlerin. Und Ermittler, das sollten sie wissen, dürfen keine Schußwaffen tragen. Aber Nahkampfausbildung ist zulässig."

Dr. Bach schaut sich um. Ihm ist bewußt, daß die Frau ihn gelinkt hat. „Wenn sie freiwillig mitgekommen ist, habe ich sie ja gar nicht entführt." „Doch, auf Anordnung von Akino. Dabei war die Order nicht die Frau speziell, sondern einen vom Büro für Ermittlungen. Es hätte also auch der Chef sein können."

Dr. Bach grinst jetzt. „Den hätte ich auch lieber mitgenommen. Wäre bestimmt leichter gewesen." „Wenn sie meinen. Er nutzt zwar einen Rollstuhl, aber gut Kirschen essen ist mit dem auch nicht." „Wollte ja keine Kirschen mit ihm essen." „Sie wissen schon, wie es gemeint ist."

„So, jetzt mal hier weiter. Was wollten sie von der Frau?" „Ich wollte gar nichts von der Frau. War's das jetzt?" „Nein, das war es nicht. Warum wurde die Frau dort hingebracht? Nun reden sie schon." „Was weiß ich, was Akino mit oder von ihr wollte."

Kommissar Keller schaut seinen Gegenüber scharf an. Doch er merkt, daß er bei Dr. Bach nicht weiter kommt. Er ruft einen Polizeibeamten herein und läßt den Rechtsanwalt abführen. Dann setzt er sich wieder an seinen Schreibtisch und wählt die Handynummer seines Freundes.

Nach kurzer Zeit hört er „Ja, ich hier. Wer dort?" „Na, den

Humor hast ja nicht verloren." „Ne, warum auch." „Ich habe heute den Rechtsanwalt Dr. Bodo Bach verhört. Besser gesagt, ich hab es versucht." „Und auf Granit oder Krupp Stahl gestoßen." „Beides. Es ist nichts aus ihm heraus zu kriegen."

„Dafür hatte ich mehr Glück. Habe das Schreiben gefunden, daß Herr Wagner erhalten hat. Nun rate mal, wer unterschrieben hat." „Also für Ratespiele ist mir heute nicht mehr zu Mute. Sagst mir einfach. Dr. Bodo Bach war es wohl nicht." „Nein, Kommissario, der war es nicht. Aber der gute Mafioso Akino. Der hat eigenhändig unterschrieben."

Keller muß sich in seinem Bürostuhl zurücklehnen und tief durchatmen. Dann sagt er „Hast das Schreiben sichergestellt?" „Aber sicher doch." „Dann kann man ja den Mafioso Akino festnehmen." „Ja, und den Geschäftsführer Wagner wieder frei lassen." „Wieso? Der hat doch das Leitungswasser verunreinigt." „Ja, weil er nicht anders konnte. Akino hat ihn ja erpreßt."

Wieder muß Keller tief durchatmen. „Steht das in dem Schreiben, Roy?" „Ja. Schwarz auf weiß." „Dann paß auf, daß keiner dir das Schriftstück abnimmt." Damit ist das Telefonat beendet.

>Roy, dieser Teufelskerl. Hat er doch das Schriftstück gefunden. Das wird dem Dr. Bach aber gar nicht gefallen. Und dem Mafioso Akino erst recht nicht. Wenn Roy bloß nicht das Schriftstück verliert.<

Der Mann mit dem Rollstuhl ist auf dem Wege nach Hause. Plötzlich stehen ein paar Männer mit Gewehren vor seinem Auto. >Was ist denn jetzt los? Stehen da mit Gewehren im Anschlag.< „Ja, ja, ich halte ja an." Dann steht einer der Männer an seiner Autotür. „Los, aussteigen." kommt es nur. „Ich muß aber hinten aussteigen. Bin Rollstuhlfahrer." „Dann steigst halt hinten aus. Aber keine Mätzchen." „Kann mich beherrschen." Roy schwingt sich auf seinen Rollstuhl, öffnet die Hecktüren und verläßt das Fahrzeug.

Sofort springt einer der Gruppe in sein Auto und fährt es weg. Ein anderer geht hinter dem Rollstuhl und schiebt ihn. „Nimm die Hände von den Rädern." ist nur zu hören.

Die Fahrt ist schnell und endet in einer Nebengasse bei einem schwarzen Van. „Da komme ich so nicht ..." will Roy noch sagen, doch er wird unsanft in das Fahrzeug geworfen. Der Rollstuhl landet neben ihm. Dann klappen die Türen zu. Die Fahrt wird mit dem Van fortgesetzt.

Der Mann auf der Ladefläche des Vans schaut sich, soweit es ihm möglich ist, um. Viel ist nicht zu sehen. Er lauscht und versucht zu verstehen, was vorn gesprochen wird.

„Den haben wir. Der Boß wird sich freuen. Jetzt hat er ein Pfand für seine fünf Männer." „Einen behinderten Menschen entführen. So etwas habe ich auch noch nicht gemacht. Aber irgendwie finde ich das nicht ok. Gewalt gegen Behinderte." „Dann müssen die sich nicht in andere Angelegenheiten mischen."

>So, eine Entführung also. Und ein Pfand für die Gefangenen. Na, hoffentlich haben die beiden Kollegen den Alarm gehört.< Bevor Roy sein Fahrzeug verlassen hat, gab er per Alarmknopf ein Notsignal ab. Dieses Signal ist sofort auf den Handys

der Mitarbeiter zu empfangen.

Zeitgleich gehen die Signale bei Lukas und Karin ein. Sie schauen auf ihre Handys. Ein Notsignal. Karin wählt die Nummer von Lukas. „Ja." „Lukas, hast du das Signal erhalten? Der Chef ist in Gefahr." „Hallo Karin, ja ich habe ein Signal erhalten. Wußte aber nichts damit anzufangen. Der Chef in Gefahr? Wo bist du? Ich komme zu dir." „Nein, wir treffen uns beim Büro. Der Chef wollte heute noch zu den Stadtwerken."

Das Gespräch wird beendet und beide starten sofort zum Büro. Es hat nicht lange gedauert, da treffen beide zeitgleich ein. „Wie kann der Chef denn ein Signal absenden?" „Es muß etwas beim Fahrzeug passiert sein. Eventuell ein Überfall. Für solche Dinge ist im Auto ein Knopf installiert, mit dem er das Signal auslösen kann. Gleichzeitig wird ein Peilsender aktiviert. So finden wir das Fahrzeug." „Das ist ja geil."

Beide schauen sich bei den Stadtwerken nach dem Fahrzeug des Chefs um. „Hier ist kein Fahrzeug. Schauen wir doch mal was die Peilung sagt." Karin holt das Gerät aus ihrer Handtasche. „Hast du das immer bei dir?" „Ja. Besser ist das." Sie schauen auf den Empfänger. Es ist ein schwaches Signal zu sehen. „Aha. Das Fahrzeug wurde entfernt."

Das Kartenmaterial wird vergrößert. Dann erkennen die beiden, daß das Fahrzeug in einem Waldstück stehen muß. Dem Signal entsprechend. „Und in welchem Waldstück suchen wir jetzt?" „Wir holen uns Verstärkung. Die Polizei hilft uns bestimmt." Karin holt ihr Handy hervor und wählt die Nummer von Kommisar Keller. Dann wartet sie.

Das Telefon in Kellers Büro klingelt. Doch keiner geht ran. Alle haben Feierabend. Dann wählt sie die Notrufnummer. Hier hört sie nach kurzer Zeit „Polizeinotruf. Was können wir für sie tun?" „Hier ist Karin vom Büro für Ermittlungen. Unser Chef ist entführt worden. Sein Fahrzeug hat einen Peilsender, der aktiviert ist. Wir benötigen Hilfe um das Fahrzeug zu finden." „Hier ist der Polizeinotruf. Für derartige Spielchen haben wir keine Zeit." „Wie heißen sie?" „Mayer. Mit ay. Wieso?" „Wer ist ihr Vorgesetzter?" „Hey, hören sie, was soll die Fragerei?" „Wer ist ihr Vorgesetzter? Habe ich gefragt." „Der Innenminister. Das wissen sie doch."

Nach kurzer Pause sagt Herr Mayer „Hören sie? Ich habe gerade beim MEK angerufen. Die kommen zu ihnen." „Na also, es geht doch. Wir stehen beim Büro auf dem Parkplatz." „Und?" fragt Lukas. „Das MEK kommt." „Was hätte eigentlich der Chef gemacht, wenn einer von uns das wäre?" „Hätte auch so gehandelt."

Es dauert eine kurze Zeit, da kommen die ersten Fahrzeuge des MEK. „Moin, was habt ihr für Sorgen?" „Unser Chef wurde entführt. Konnte aber noch im Wagen das Notsignal und den Peilsender auslösen." „Ein Fahrzeug mit Peilsender. Das ist selten." „Laut Empfänger befindet sich das Fahrzeug in einem Waldstück." „Davon haben wir auch so wenig." „Darum habe ich ja um Verstärkung gebeten." „Richtig so, Karin. Hätte Roy nicht anders gemacht."

Karin schaut sich ihren Gesprächspartner genauer an „Rolf, ich habe ..." „Ist auch schlecht möglich bei dieser Ausrüstung. Verlieren wir keine Zeit. Ist eh schon zu viel vergangen."

Rolf geht zu seinen Leuten und erklärt ihnen die Lage. Dann schwärmen die Polizisten aus und beginnen mit der Suche. Rolf kehrt zu den beiden Ermittlern zurück. „So, die sind jetzt am Suchen. Und was machen wir jetzt?"

„Also der Chef würde sagen: warten auf Ergebnissse." „Hast aber schnell von Roy gelernt." „Bin ja auch schon länger dabei." „Ja, Roy hat sein Fahrzeug optimal ausgerüstet. Laufen kann er nicht, nutzt ja einen Rollstuhl. Aber denken, kann er. Und vorsorgen."

Karin fällt die Sache mit dem Polizeinotruf ein „Rolf, was ist das eigentlich für ein Kollege am Polizeinotruf?" „Hast Ärger gehabt? Ist ein neuer. Der will sich nur wichtig tun. Als er bei uns anrief, hab ich ihm schon gesagt, daß er in solchen Fällen sofort Alarm geben muß. Wird aber noch was für ihn kommen." „Naja, Rolf, angefangen sind wir doch alle mal." „Stimmt. Aber nicht so. Wenn ein Hilferuf eingeht, hat er den weiterzuleiten. Und nicht erst den Dicken Mann rauskehren."

Lukas kommt aus dem Büro und bringt Kaffee und Becher mit. „Ich glaub, das ist jetzt das richtige." „Mensch, Karin, hast ihn aber gut angelernt." Karin muß grinsen. „Habe gedacht, nur rumstehen ist nicht gut, koch mal Kaffee." „Gute Idee. Apropo rumstehen, irgendwo sind doch noch Stühle." sagt Rolf und geht zu seinem Einsatzwagen. Im Kofferraum findet er noch drei Campingstühle und kehrt damit zu den beiden Ermittlern zurück.

Kaum das die drei sich gesetzt haben, meldet sich das Funkgerät „Wir haben das Fahrzeug gefunden. Schön versteckt hinter hohen Sträuchern und einem Tarnnetz." „Gibt es dort irgendwelche Spuren?" „Positiv. Kollegen nehmen bereits Abdrücke. Wie bekommen wir das Fahrzeug hier wieder weg?" „Darum kümmert sich die Frau von den Ermittlern. Sie hat den Zweitschlüssel." „Schicke einen, der sie herführt." „Gute Idee."

„Das Fahrzeug haben wir schon mal. Karin, du wirst gleich abgeholt und zum Fahrzeug gebracht." „Was mache ich jetzt?" fragt Lukas. „Das gleiche wie ich: warten."

Karin wird von einem Beamten abgeholt und gemeinsam begeben sie sich zum Fahrzeug des Chefs. „Der Wagen ist ja echt geil ausgestattet. Wenn das alles in unseren Fahrzeugen wäre -" „Ist aber nicht. Nur im Fahrzeug meines Chefs." „Ich soll sie zurückbegleiten." Karin schaut den Polizisten an. „Keine Angst, das ist Order von Rolf."

Sie setzen sich in das Fahrzeug und dann fahren sie zurück zu den anderen. Rolf sieht das Fahrzeug kommen. „So, den Wagen haben wir. Jetzt fehlt nur noch der Fahrer des Fahrzeugs." „Wenn man wüßte, warum er entführt wurde. Hätten wir einen Anhaltspunkt." „An welchem Fall wart ihr denn?" „Dem aktuellen mit der Wasserleitung."

Rolf schaut die beiden Ermittler an. „Wie ihr seid auch an dem Fall? Der Geschäftsführer der Stadtwerke sitzt doch in U-Haft. Was fehlt denn noch?" „Das Motiv." antwortet Lukas trocken. „Wie das Motiv? Den Kerl mal richtig in die Mangel nehmen und er gesteht." „Dann fehlt immer noch das Motiv."

Rolf schaut Lukas an und fragt dann Karin „Was hat dein Kollege denn? Fehlt das Motiv." „Recht hat er. Das hat er beim

Chef gelernt. Uns fehlt das Motiv für die Tat. Da hilft ein Geständnis von Herrn Wagner gar nichts." „Jetzt bin ich aber platt. Karin redet auch schon so. Fehlt das Motiv."

Dann schlägt die Frau sich mit der flachen Hand vor den Kopf. „Das ist es. Der Chef hat etwas gefunden, das als Motiv gelten kann." „Stimmt, Karin. Er wollte zu den Stadtwerken und mit der einen Putze reden. Dann hat er etwas gefunden, was irgend jemandem sehr gefährlich wird." „Und das kann nur Akino sein. Folglich hat der Chef das Erpresserschreiben gefunden."

„Ich versteh nur Bahnhof." sagt Rolf. „Kann mich mal bitte einer einweihen in eure Gedanken?" Karin wendet sich dem Mann vom MEK zu. „Rolf, du weißt, daß Herr Wagner gefangen wurde und ihm die Verunreinigung des Leitungswassers angelastet wird." Der Mann nickt. „Unser Chef glaubt nicht, daß Herr Wagner es nur so getan hat. Es mußte etwas dahinterstecken." Lukas fährt fort „Dann haben wir seine Frau, also Frau Wagner gefragt. Die wußte aber nichts von einem Schreiben. Nur ihr Mann kam ihr in letzter Zeit so eigenartig vor." „Ja, und dann kam die Frau von der Putzfirma, die Herrn Wagner im Container gesehen hat, zu uns ins Büro und erzählte uns von einem merkwürdigen Schreiben, das bei Herrn Wagner auf dem Schreibtisch lag."

Rolf sagt jetzt „Und dieses Schreiben ist der Grund der Tat der Wasserverunreinigung. Das heißt ja: der Geschäftsführer ist erpreßt worden." „Bist aber schnell drauf gekommen." sagt Lukas. „Sorry, ich bin ja nicht zum Denken da, sondern für die harte Arbeit."

„Angenommen, euer Chef hat das Schreiben gefunden, dann

hat er das jetzt bei sich. Wurde aber irgendwie von dem Auftraggeber oder Erpresser beobachtet." „Und entführt." beendet
Lukas die Gedanken.

„Frage ist dann jetzt: wo sind die mit ihm hin'?" „In das Haus
am Strand bestimmt nicht. Das kennen wir ja bereits." „Richtig." sagt Karin. „Den Rollstuhl vom Chef haben die jedenfalls
mitgenommen." „Muß das schon ein größeres Auto sein. Mit
dem sie weiter sind." „Wieso? Den Rollstuhl kann man zusammenklappen."

Rolf sein Funk meldet sich. „Ja, ich höre." „Wir haben Reifen-
spuren von einem weiteren Wagen gefunden. Der Mann wurde
ein Stück mit dem Rollstuhl befördert und dann wieder in ein
anderes Auto." „Nimmt mal Abdrücke für die KTU." „Schon
passiert. Es dürfte jetzt ein Kombi sein. Also keine Limousine
oder VAN." „Was mache ich nur ohne euch." „Dummes Gesicht." ist die Antwort. Ein anderer meldet sich „Die sind, laut
Spur, in südlicher Richtung gefahren."

Karin und Lukas schauen auf die große Karte auf dem Tisch.
„Logisch. Da ist die nächste feste Straße. Und dann?" Allge-
meines Schulterzucken.

Die Leute des MEK kommen zu den drei am Ausgangspunkt.
„So, Spuren sind gesichert. Was nun?" „Abrücken und Beweis-
material zur KTU."

Lukas gefällt die Idee von Rolf nicht. „Wir können doch unseren Chef jetzt nicht seinem Schicksal überlassen." „Hat auch
keiner gesagt und auch nicht vor. Nur hier können wir nichts
weiter machen. Müssen sehen, das schnell ein weiterer Hinweis

159

kommt. Und wenn er noch so winzig ist." sagt Rolf. „Das habe ich schon von euch beiden gelernt." „Oh, das MEK lernt bei uns." sagt Karin. „Ich ja. Ich gebe mal eine Fahndung raus. Vielleicht hilft das ja."

Rolf geht zu seinem Auto, setzt sich rein und gibt über Funk eine Fahndung nach einem Kombi, der verdächtig mit einem behinderten Mann unterwegs ist. Dann kehrt er zu den Ermittlern zurück. „Also, die Fahndung ist raus. Und ich würde sagen, wir rücken hier ab. Hier können wir und ihr nichts mehr machen." Die beiden Ermittler nicken mit den Köpfen. Dann trennen sie sich.

Lukas geht zu seinem Auto. „Ich fahre mit dem Wagen vom Chef. Der muß ja auch wieder zurück." „Kannst du das denn? Ich meine wegen der Umbauten." „Klar. Ich nehme die Fußstütze raus und fahr auf Fußbedienung."

Die Ermittler fahren zum Bürogebäude zurück. Und das MEK rückt auch wieder in ihre Gebäude ein.

*

Der Wagen, mit dem der Chef des Büros für Ermittlungen entführt wurde, hat das neue Domizil des Mafioso Akino erreicht. Roy wird aus dem Fahrzeug gezerrt und in seinen Rollstuhl gesetzt. Etwas ruppig zwar, doch was will man von solchen Leuten erwarten. Sie erreichen das Zimmer des Mafiosos.

Akino sieht die Tür seines Büros aufgehen. Herein kommen seine Männer mit dem Gefangenen. „So schnell sieht man sich wieder." begrüßt er den Rollstuhlfahrer.

Roy schaut sich um. „Hübsche neue Residenz muß ich sagen. Nur der Rasen draußen muß besser gepflegt werden. Und die Fensterrahmen müssen gestrichen werden." „Ihnen wird der Humor noch vergehen. Wo ist das Schreiben?"

Roy schaut erstaunt „Welches Schreiben?" „Das sie bei den Stadtwerken eingesteckt haben. Mann." „Ich weiß schon, daß ich männlich bin. Danke für die Bekanntgabe." „Das Schreiben. Geben sie mir das Schreiben und es passiert ihnen nichts. Versprochen." „Ein Versprechen aus dem Munde eines Mafiosos. Das ist gar nicht gut. Ist so viel Wert wie Vogelscheiße."

Einer der Männer tritt an den Rollstuhl und knallt Roy die Faust ins Gesicht. „Rici, nicht doch. Das macht man doch nicht mit seinen Gästen. Ich muß mich für das Verhalten des Mannes entschuldigen."

Roy spürt noch die Wucht des Schlages. >Naja, wenn er noch ein wenig übt, kann er zur WM.< denkt er. „Na, so was kenne ich. Gibt einen blauen Fleck und fertig." „Also, Herr Ermittler, wo ist das Schreiben aus den Stadtwerken?" „Ich hör immer Schreiben. Was denn für ein Schreiben? Ich war in den Stadtwerken, ja. Aber ich habe kein Schreiben gesehen geschweige denn mitgenommen." „Da bin ich aber anders informiert." „Mag sein, aber dann falsch."

Rici will wieder an den Rollstuhl treten. „Nein, Rici, das tust du nicht. Wir haben andere Methoden." „Was denn? Jetzt schon Schuhe wechseln? Meine sind doch noch gut. Schön luftig." „Nein, wir wechseln keine Schuhe. Darfst noch weiterleben."

„Danke, für die Gnade." „Bringt ihn in den Keller." „In den Weinkeller?" „Nein, in den Folterkeller." „Sind wir denn schon wieder im Mittelalter?"

Die beiden Handlanger des Mafiosos bringen Roy mit seinem Rollstuhl in den Keller. Dann verlassen sie den Kellerraum und schließen ihn ab.

Roy befindet sich nun mit seinem Rollstuhl im Keller. Er schaut sich um. Es ist eine Streckbank vorhanden, ein großer Bottich. Über dem ist ein Schwenkbarer Holzarm mit einem dicken Seil. >Möchte jetzt nicht wissen, was im Bottich drin ist. Wasser wäre noch akzeptabel. Aber Schwefelsäure schon nicht mehr. Man weiß bei diesen Mafiosos ja nie.<

Er rollt an einen Holztisch. Dort sieht er eine kleine Guillotine. >Jetzt nur nicht den Finger durchstecken.< denkt er. Aber das Prüfen der kleinen Klinke kann er sich nicht verkneifen. Vorsichtig reibt er mit dem Daumen dran. >Doch scharf ist sie.<

>Was die wohl mit mir vorhaben?< denkt er nach. >Hätten ja nur die Innentaschen der Weste kontrollieren brauchen.Hätten sie den Zettel gehabt.< grinst er.

In den oberen Räumen setzen sich die Männer zu ihrem Chef. „Was machen wir jetzt mit dem, Chef?" „Laß ihn erstmal im Keller schmoren. Vielleicht kommt er dann ja zur Besinnung und verrät wo er das Schreiben hat." „Leute, das da unten ist der Chef vom Büro für Ermittlungen. Der wird bestimmt nicht verraten, wo er das Schreiben hat. Habt ihr sein Fahrzeug untersucht?"

„Ne, warum? Wir haben ihn und seinen Rollstuhl aus dem Fahrzeug geholt. Wie soll er das versteckt haben?" „Das kann er schon beim Einsteigen ins Auto versteckt haben. Der Mann da unten ist nicht so doof."

„Sollen wir noch einmal zu dem Fahrzeug hinfahren? Wir haben es versteckt. Im Wald." „Ja und die Polizei hat es bestimmt schon gefunden." „Wie das denn?" „Weil sie nach dem Fahrzeug gesucht haben. Du Trottel. Der Mann ist nicht irgendeiner. Das ist ein Mann, der mit der Polizei und der Staatsanwaltschaft kooperiert. Ein Hinweis seiner Leute, und alles sucht nach ihm."

Die Männer um Akino schauen irritiert. „Und was machen wir jetzt?" „Geht erstmal schlafen. Den Rollstuhlfahrer können wir später ausquetschen." Rici macht die Bewegung einer Zitrone auspressen. Dann gehen die Männer aus dem Zimmer.

Akino kennt den Mann vom Haus am Strand. >Jetzt haben die mir den Mann gebracht. Er sitzt zwar im Rollstuhl, aber das bedeutet nicht, daß er hilflos ist. Habe ihn zwar noch nicht ohne seine Leute erlebt, aber leicht wird das auch nicht werden.< Dann begibt sich der Mafioso in sein Schlafgemach.

Am nächsten Morgen – Akino ist beim Frühstück, erscheinen seine Jungs bereits voller Tatendrang. „Morgen Chef, was liegt heute an? Den unten im Keller mal ein bißchen vornehmen?" „Dem guten Mann kann mal einer von euch das Frühstück bringen. Aber vernünftig." „Was denn, der soll noch etwas zum Knabbern bekommen?" „Ja, das gehört sich so."

Rici schnappt sich das Tablett und geht in den Keller. >Verdient hat er das nicht. Aber wenn der Boß es sagt.< Die Tür des Kellerraumes wird geöffnet, dann betritt Rici den Kellerraum. Er kann den Rollstuhlfahrer nicht sehen. Dieser befindet sich jetzt hinter der geöffneten Tür. Rici schaut sich um, aber nicht hinter sich.

„Wenn du dich jetzt erschrickst, macht es vor dir klirr." Rici läßt vor Schreck das Tablett fallen. Das Geschirr geht klirrend zu Bruch. „Sagte ich doch, daß es klirr macht." kommt es von Roy. Rici steht wie angewurzelt.

Mit einem Schlag in die Kniekehle befördert Roy ihn zu Boden. Dann fesselt er ihn schnell und schließt die Tür. Bevor Rici etwas sagen kann, hat er einen Knebel im Mund. „So, der ist erledigt." Dann horcht er, ob jemand runter kommt. Das Klirren des Geschirrs war eigentlich laut genug.

„So, mein Guter., Dann wollen wir uns mal schön unterhalten." Rici schaut den Mann im Rollstuhl an. Dann überlegt er >Wie hat der mich denn zu Boden befördert?< Er versucht seine Arme zu bewegen. Geht nicht. Seine Beine. Geht auch nicht. >Was hat der im Rollstuhl mit mir gemacht?< sind seine Gedanken.

„Deine Arme und Beine sind verschnürt. Wie bei einem Rodeo." „Und wie hast du mich auf die Erde geschickt?" „Mit Karate. Sehr gute und mitunter nützliche Sportart. Man muß ja was für seinen Körper tun."

>Mit Karate hat der mich runterbekommen. Aber wie das?< „Grübel nicht so viel, davon bekommt man nur Falten. Sag mir lieber mal, was ihr von mir wollt." „Das Schreiben will der

Boß haben. Das Schreiben, das du aus den Stadtwerken geklaut hast." „Da muß ich euch aber enttäuschen. Ich habe kein Schreiben geklaut." „Hast doch aus den Stadtwerken ein Schreiben aus dem Büro des Geschäftsführers geholt." „Ach, wie kommst denn darauf? Habt ihr mich etwa beschattet? So was macht man doch nicht."

Rici versucht sich anders hinzulegen. „Das ist zwecklos. Habe dich mit Absicht so gelegt. Etwas unbequem, aber dann redest jedenfalls schneller." „Du kommst hier auch nicht lebend raus." „Da wäre ich mir nicht so sicher an deiner Stelle. Man wird bestimmt schon nach mir suchen." „Aber nicht finden." „Das ist nur eine Frage der Zeit."

Wieder überlegt der Mann am Boden, was der Mann vor ihm so sicher macht.

„Denke mal, mein Fahrzeug wurde bereits gefunden. Und die dann gefolgten Spuren wurden auch gefunden, gesichert und ausgewertet." „Und wenn schon. Woher wollen die Bullen wissen, wo wir sind?" „Ich sagte schon, das ist nur eine Frage der Zeit. Was habt ihr weiter vor? Das ist interessanter." „Für wen?" „Na, erstmal für mich. Und dann, je nach dem, was es ist, die Polizei und die Staatsanwaltschaft."

Der Mann am Boden versucht dem Rollstuhlfahrer in die Augen zu schauen. Doch die Fesselung hindert ihn daran. „Es ist auch nur eine Frage der Zeit, wann die oben mich vermissen. Und dann wird einer oder beide kommen. Dann bist du fällig."

Roy fährt zur Tür und horcht. Es ist nichts zu hören. „Das ist noch nicht so weit. Wirst noch nicht vermißt. Also kannst du mir meine Fragen beantworten." Rici schaut zur Tür. Dann will er nach seinen Kameraden rufen. Da fällt ein Holzkant auf die Erde. Direkt vor sein Gesicht. „Nicht die anderen rufen. Fragen beantworten. Der nächste Wurf trifft deine Nase." Rici zuckt zusammen. Zielsicher ist der Mann auch noch.

Rici überlegt, ob er dem Mann das Vorgehen verraten soll. Wenn er es tut, läßt Akino ihn töten. „Es muß ja schwer sein, zu begreifen, in welcher Lage man sich befindet." >Wieso ist der Rollstuhlfahrer sich so sicher? Hat er seinen Leuten etwas verraten können? Hat er eventuell einen Peilsender bei sich?<

In den oberen Räumen macht sich Akino Gedanken, wo sein Mitarbeiter Rici bleibt. „Rolf, hast du Rici gesehen? Er sollte dem im Keller Essen bringen. Müßte eigentlich wieder oben sein." „Nein, ich habe noch nichts von Rici gesehen. Soll ich mal runtergehen?"

Akino erhebt sich von seinem Stuhl und geht zur Treppe zum Keller „Das mache ich. Kann sein, der Rollstuhlfahrer hat ihn überrumpelt." „Ich komme mit." Beide gehen in den Keller.

Roy hört die schnellen Schritte. Verpaßt dem am Boden liegenden einen Schlag an den Kopf und rollt hinter die Tür. Die wird schnell aufgestoßen.

Akino und Rolf sehen ihren Kameraden am Boden gefesselt liegen. Vom Gefangenen ist nichts zu sehen. Sie greifen nach ihren Pistolen. Dann treten sie vorsichtig in den Raum. „Wo steckst du, Ermittler? Du kannst hier nicht alleine raus."

Roy gibt der Tür einen Schubs, so daß sie ins Schloß fällt. „Ihr beide werdet mal schön eure Pusterohre in die rote Tonne werfen. Das gleiche mit euren Kartoffelmessern und den Ladykillern im Ärmel." Akino erkennt, daß er schon wieder diesem Rollstuhlfahrer unterlegen ist. Beide werfen sie ihre Waffen in die rote Tonne.

Akino will sich umdrehen. „Nicht doch so eilig, Mister Mafioso. Die Hände auf den Rücken. Und du, wirst deinem Boß die Hände zusammenbinden." Rolf schluckt. Dann ergreift er ein kleines Seil und bindet Akino die Hände zusammen. „Sorry, Chef, aber ich weiß nicht, was der Kerl in der Hand hat." Dann hat er Akino gebunden.

„Jetzt selber auf den Boden setzen und die Beine zusammenbinden." Akino flüstert „Kannst du sehen, was er in der Hand hat?" Rolf schüttelt den Kopf. Setzt sich auf den Boden und bindet seine Beine zusammen.

Da rollt der Rollstuhl an ihn ran, ein Arm wird ihm hochgezogen mit einer Schlinge versehen und dann hochgezogen, das ihm Schmerzen kommen. Akino sieht seinen Helfer in hilfloser Lage. Da versucht er sich auf den Rollstuhlfahrer zu stürzen. Dieser stößt sich kurz ab. Akino stolpert ins Leere und fällt hin. Am Boden liegend schaut er den Rollstuhlfahrer fragend an.

„Man soll einen Mann mit Rollstuhl nicht unterschätzen. Aber bleiben sie ruhig liegen." „Wwas wollen sie von mir?" kommt es vom Mafioso. „Wissen, warum sie Herrn Wagner von den Stadtwerken erpreßt haben. Zum Beispiel. Dann warum das Leitungswasser verunreinigt wurde."

„Ich kenne keinen Wagner der Stadtwerke." „Ach, und warum schreiben sie ihm dann Briefe?" „Habe ich nicht." „Falsche Antwort. Es gibt Beweise. Schreiben mit der Unterschrift Akino. Also?"

Akino schaut den Mann im Rollstuhl an. „Woher wollen sie das wissen? Ich meine, das mit dem Schreiben?" „Weil ich es gelesen habe. Und da ist eindeutig ihre Unterschrift drunter." „Die Unterschrift ist doch gefälscht." „Nein, ist sie nicht. Laut Polizeiregister." „Da dürfen sie doch gar nicht reinschauen." „Das ist richtig. Aber Kommissar Keller darf es schon. Und die Staatsanwaltschaft auch."

Die drei Männer schauen sich an. Dann sagt Rolf „Wenn wir das alles jetzt zugeben. Was nützt es ihnen denn? Allein kommen sie hier doch nicht raus." „Es wird ein bißchen dauern und schwierig sein. Aber raus komme ich schon."

Da öffnet sich die Kellertür. „Muß nicht schwierig sein. Hilfe ist schon da." sagt Kommissar Keller. „Und euch drei nehmen wir gleich mit."

„Ach, schau mal einer an. Besuch ist schon da. Wie habt ihr das hier gefunden?" „Stand in der Bildzeitung." Roy kann sich das grinsen nicht verkneifen. >Stand in der Bildzeitung. Naja, Mutter drehte Kinder durch den Fleischwolf. Bild sprach zuerst mit den Klobsen.<

„Habt ihr hinter der Tür gelauscht?" „Sind wir Waschweiber? Sind gerade angekommen. Die anderen Kollegen suchen die oberen Räume ab."

„Dort werden sie nichts finden. Jedenfalls keine Personen. Die sind alle hier." „Ja und versandfertig verschnürt. Ich frage mich immer, wie du das machst." „Ich bin gehbehindert. Der Kopf ist noch klar. Und wenn man was machen will, sollte man erst überlegen, wie man das macht."

Die mitgekommenen Polizeibeamten nehmen sich der verschnürten Personen an und bringen sie raus. Da erscheinen Karin und Lukas. „Gott sei dank, sie leben, Chef." „Na, na, so schnell werdet ihr mich nicht los." „Karin war schon den Tränen nah." Für die Aussage bekommt Lukas einen strafenden Blick.

„Ja, sie war den Tränen nah und Lukas war verzweifelt. Wie geht das jetzt weiter ohne Chef." Lukas schaut zu Boden. >Woher weiß er das nun wieder?< „Kopf hoch, Junge. So schnell stirbt sich das nicht. Außerdem muß ich einem Jungen namens Lukas noch viel beibringen."

Sie gehen aus dem Kellerraum und stehen dann vor der Treppe, die nach oben führt. Lukas will seinen Chef die Treppen raufziehen, da wird er von zwei Polizisten beiseitegedrängt. „Das machen wir mal eben." hört er noch. Dann haben die beiden den Rollstuhl angehoben und tragen ihn nach oben. „Lukas, komm hoch. Oder wartest du auf die Metro? Die kommt hier nicht."

Nach wenigen Minuten sind alle aus dem Keller wieder raus. „Danke euch, Jungs." „Dafür nicht, Roy. War Auftrag der Soko." „Für die ihr auch euren Arsch hinhalten müßt." „Sind halt eine Familie."

Die Polizisten gehen wieder ihren Untersuchungsaufträgen nach.

„Wie hat er das denn gemeint?" fragt Lukas. „Was? Das mit der Familie?" „Ja." „Naja, die Polizeibeamten haben den selben Ausbildungsort, die selben Ausbilder. Eben jeder kennt halt jeden. Und alle lernen sie das gleiche."

„Die haben es gut. Und wir sind nur zu dritt." „In unserem Büro, ja. Aber sonst sind wir ein Teil der Familie." Lukas schaut seinen Chef ungläubig an. „Aber ..." „Kein Aber. Wir gehören zu ihnen. Ziehen am gleichen Strang."

Die drei verlassen das Haus. „Chef, jetzt müssen sie in meinem Wagen mitkommen." „Und wo ist das Problem?" „Es ist ein bißchen kleiner und der Rollstuhl ..." „Kommt zusammengeklappt in den Kofferraum. Oder wolltest du ihn auf dem Schoß haben, Lukas?" sagt Karin.

Die Männer steigen ins Auto, während Karin den Rollstuhl im Kofferraum verstaut. Dann steigt sie ein. „Sorry, Karin, das hätte ich eigentlich machen müssen." „Schon gut, Kleiner. Hättest eh nicht gewußt wie zusammenklappen." Jetzt schaut Lukas mit scharfem Blick. >Nennt mich Kleiner.< Dann gibt er Gas und sie fahren von dem Haus weg.

Kommissar Keller ist mit seinen Mannen wieder im Revier. Die drei Gefangenen in drei Büros zum Verhör. „So, unser Ermittler ist wieder frei. Die Entführer gefangen. Fehlen nur die Geständnisse." „Und das Motiv." „Von wem? Von Herrn Wagner? - Himmel, Arsch und Zwirn, das hat Roy bestimmt noch in der Tasche." „Das Motiv?" „Ne, den Beweis für die Erpressung." „Ach so. Soll ich rüberfahren und es holen?"

Der Kollege ist schon an der Tür. „Das machen wir anders. Roy ist clever genug, das Original nicht bei sich zu haben." „Also, hat er eine Kopie gemacht." „So ist es. Und das Original ist noch in den Stadtwerken." „Soll ich ..." „Die Tür zu machen. Von innen. Das Schreiben kann noch da bleiben. Bekommen gleich bestimmt ein Fax."

Der Kollege setzt sich auf einen Stuhl. „Das Original brauchen wir aber für die Verhandlung." „So weit ist das noch nicht. Und dann wird es auch da sein."

In einer Ecke surrt es leise. Es ist das Faxgerät. Keller rollt mit seinem Bürostuhl hinüber und schaut, was angekommen ist. „Na also, da ist ja die Nachricht von unseren Freunden." „Ein Fax von den Ermittlern?" „So ist es. Und nun rate mal wer das Schreiben an den Geschäftsführer Wagner unterschrieben hat." „Der Ermittler?" „Der doch nicht. Nein, es ist der Herr Mafioso Akino höchstpersönlich."

Der Beamte am anderen Schreibtisch stößt einen lauten Pfiff aus. „Das sieht dann aber gar nicht gut aus für ihn." „So ist es."

Keller begibt sich ins Nebenzimmer. Dort befindet sich Akino beim Verhör. „Herr Kommissar muß ich mir das Verhalten ihrer Kollegen gefallen lassen? Immer wieder die selben Fragen. Als ob bei denen ein Sprung in der Platte ist." „Beantworten sie doch die Fragen wahrheitsgemäß. Dann werden die Fragen sich nicht wiederholen."

Keller legt das eben erhaltene Fax dem Mafioso vor die Nase.

„Was ist das?" fragt er. „Das sollten sie am besten wissen. Sie haben es ja unterschrieben." kommt die Antwort, während Keller sich auf einen Stuhl setzt.

Akino schaut genau auf das Schreiben und erkennt auch seine Unterschrift. „Das ist nicht meine Unterschrift. Die ist gefälscht." Kelller nimmt ein Stück Papier und einen Schreiber und legt beides dem Mafioso vor. „Dann schreiben sie doch mal hier ihren Namen drauf." Der Angesprochene nimmt den Schreiber und schreibt seinen Namen. „Zufrieden jetzt?"

Keller nimmt beides wieder an sich. Vergleicht den Namenszug mit der Unterschrift auf dem Fax. „Tja, Herr Akino, da haben sie eben gerade selbst bestätigt, daß es sich um ihre eigene Unterschrift handelt."

Akino schluckt heftig. >Verdammt, da hat er mich reingelegt.< „Somit ist erwiesen, daß sie Herrn Wagner erpreßt haben. Herr Wagner wurde von ihnen angestiftet, das Leitungswasser der Stadt zu verunreinigen. Das ist schon mal erwiesen."

Ein Kollege von Keller „Fehlt uns nur noch der Grund der Tat. Warum das Wasser verunreinigt werden sollte." Akino schaut von einem Polizeibeamten zum anderen. Es ist ihm anzumerken, daß er sich unwohl fühlt. Dann sagt er „Ich will meinen Anwalt sprechen." „Das ist leider zur Zeit nicht möglich. Er sitzt in einer unserer Zellen."

>Stimmt ja.< denkt Akino. >Dr. Bodo Bach ist ja auch gefangen.< „Dann einen anderen. Ich habe das Recht auf einen Anwalt." „Das ist richtig. Sie bekommen einen Pflichtverteidiger." Keller gibt einem Beamten ein Zeichen. Der Mafioso wird ab-

geführt.

Zu seinem Kollegen sagt er „Kümmer dich um einen Anwalt für den feinen Herrn.“ „So fein ist er aber nicht.“ „Egal, der braucht einen Anwalt. Es muß ja kein Staranwalt sein.“ „So einen kenne ich auch nicht. Und was machst du?“ „Auf Besuchstour.“ „Krankenhaus oder Hausbesuch?“ „Mußt du alles wissen? Nein, einen Freund besuchen. Damit deine Neugier befriedigt ist.“ „Dann schöne Grüße“ Keller verläßt sein Büro.

Die drei Ermittler sind beim Recherchieren der Entführung. Suchen nach dem, der eventuell bei den Stadtwerken Roy beobachtet hat. Es gibt aber keine Videoaufnahmen. „Wer kann denn dort beobachtet haben? Und wo hatte er sich versteckt?“

Karin sagt da „Er muß sich ja gar nicht versteckt haben. Hat sich in die Putzkolonne gemischt. Sind doch immer andere dort.“ „Woher die Kenntnis? Schon selber dort gearbeitet?“ „Nein, aber es werden immer neue Mitarbeiter gesucht. Laut Zeitung.“ „Das ist richtig. Aber es werden nicht immer neue in derartigen Objekten beschäftigt.“

Die Tür geht auf und Kommissar Keller betritt den Raum. „Guten Abend. Ihr seid ja noch fleißig.“ „Ja, es müssen ja immer Beweise geliefert werden.“ „Ja, das stimmt. Aber erst gefunden.“ „Und was treibt den Kommissario Keller hierher?“ „Muß doch sehen, wie es meinem Freund geht. Nach der Attacke.“ „Siehst doch, ich lebe noch.“ „Ja. Zum Glück. Ach ja, danke für das Fax. Hast das Originalschreiben hier?“ „Ne, warum?“ „Wie kommst du dann an eine Kopie davon?“ „Die Stadtwerke hat auch Kopiergeräte.“ „Dann ist das Originalschreiben noch in den Stadtwerken.“ „So ist es.“

Es klopft an der Tür. Lukas geht hin und öffnet. „Ja?" „Ich soll hier eine Lieferung bringen." „Ja, dann mal herein. Was ist es denn?"

Der Lieferant betritt die Räumlichkeiten des Ermittlungsbüro und bringt eine ordentliche Tafel Essen mit rein. „Wer hat das denn bestellt? Gleich eine große Tafelrunde." „Das war ich. Euer Einsatz muß ja auch mal belohnt werden." Zu dem Lieferanten sagt er „Danke. Das ist wirklich prächtig."

„Für unsere Arbeit kommt aber noch die Rechnung." „Das weiß ich. Trotzdem machen wir uns das jetzt gemütlich."

Karin und Lukas haben dem Lieferanten schnell geholfen die Essenslieferung ordentlicht auf die Tische zu bringen. Jetzt rollt Roy heran und meint noch „Dann wollen wir mal den Kommissario nicht enttäuschen. Kommt, Leute, ran an die Platten." „Welche Platten?" fragt Lukas. „Tischplatten, Kleiner." sagt Karin.

„Ihr habt aber einen Umgangston. Richtig niedlich." meint Keller. Roy grinst nur. „Ja, die beiden haben sich schon richtig lieb."

Dann machen die vier sich über die Essensspende her.

„Sag mal Kommissario, haben die drei denn schon gestanden?" „Nein, der Herr Mafioso wollte seinen Anwalt sprechen. Aber der sitzt ja selber. Also bekommt er einen Pflichtverteidiger." „Konntest ihn nicht zu Dr. Bach sperren?" „Das bringt doch nichts. Der darf ihn ja nicht vertreten." „Aber er könnte seinen Anwalt sprechen. Das Vertreten vor Gericht ist ja eine andere

Sache." „Ne, ne, bloß das nicht. Das die miteinander reden. Dann sprechen die noch etwas ab. Das wollen wir nicht."

Die vier genießen das Essen. „Was macht ihr eigentlich noch hier im Büro? Doch nicht nur immer Beweise suchen." „Nein, ab und an gönnen wir uns auch mal ein Päuschen mit entsprechende Köstlichkeiten. So wie jetzt." „Ja, und wenn wir nicht hier drinnen sind, sind wir draußen aktiv." sagt Karin.

Keller macht mit einem Mal wieder ein ernstes Gesicht. „Oh, oh." sagt Lukas. „War da etwas nicht korrekt auf dem Teller?" „Doch, doch. Das ist alles bestens. Ich denke gerade ..." „Das ist aber nicht gesund. Beim Dinner noch denken." sagt Roy. „Mußt du gerade sagen. Mitunter rollst du mit vollem Mund einfach los und jagst hinter Beweisen her." „Das ist nicht richtig. Ich jage nur hinter Personen her, die Beweise liefern könnten." „Jedenfalls ein Geständnis von dir."

Lukas ergreift die Flasche Wein, die der Spender mit geordert hat. „Wem darf ich nach schenken?" Kommissar Keller ergreift sein Glas und hält es Lukas hin. Danach wird das Glas von Roy gefüllt. Karin und Lukas nehmen ebenfalls noch etwas.

*

Im Revier sitzen die vier Erstgefaßten wieder beim Verhör. Boris sitzt im Büro des Kommissariatsleiters. „So, dann kommen wir mal zur Sache. Vorweg muß ich noch erwähnen, ihr Chef der Herr Akino sitzt mittlerweile wie der Rechtsanwalt Dr. Bodo Bach im Gefängnis."

Boris bekommt große Augen. >Wie Akino und Dr. Bach im

Knast? Was ist denn da passiert?< denkt er. „Also, was haben sie uns zu berichten?" „Ich mache es kurz. Nichts." „Es wird ihnen zur Last gelegt versucht zu haben die Frau des Büros für Ermittlungen zu entführen. Was sagen sie dazu?" „Nichts." „Hören sie, ihr Chef kann ihnen nicht mehr helfen und ebenso Herr Bach. Machen sie es sich doch nicht so schwer." „Mache ich ja nicht. Das sind sie doch mit ihren ewigen Fragen."

Der Beamte unterbricht das Verhör und geht in das Nebenzimmer. Dort fragt er seine Kollegen „Habt ihr mittlerweile etwas erfahren? Der nebenan blockt immer." „Hier nicht anders. Obwohl wir bereits gesagt haben, daß Akino und Dr. Bach auch sitzen."

„Bin ja mal gespannt, was Keller dazu sagt." „Und der Staatsanwalt erst." Die Tüt geht auf und Staatsanwalt Rösner erscheint. „Na meine Herren, gibt es schon Ergebnisse?" „Die blockieren alle vier." „Na, dann werden sie eben alle wegen Mordes in mehreren Fällen angeklagt."

Da erhebt sich Boris „Ne, ne, ne, das können sie nicht machen. Ich habe keinen umgebracht." „Aber sind dran beteiligt." entgegnet Rösner. „Auch das nicht. Mit Mord habe ich nichts zu tun." „Sondern?" Boris schweigt erstmal.

Dann sagt er „Ja, wir sollten eine Person des Büros f. Ermittlungen zum Chef bringen. Was er von der wollte, hat er uns aber nicht verraten. Aber jemanden ermorden – das haben wir nicht getan." „Na also, es geht doch. Die versuchte Entführung geben sie also zu." „Ja, haben ja von der Frau ordentlich Dresche bezogen. Bis die anderen zu Hilfe kamen." „Der Chef und seine Mitarbeiterin können ja Karate." „Habe ich gemerkt."

Rösner gibt einem Beamten das Zeichen zum Abführen. Boris wird wieder in seine Zelle gebracht. Während Rösner in den anderen Vernehmungszimmern auch die Verhöre beendet.

„Jetzt haben wir schon mal das Geständnis der versuchten Entführung." sagt er. „Aber wozu die Entführung?" „Um herauszubekommen, was die Ermittler wußten." „Und dafür wird man entführt? Anrufen und fragen wäre doch einfacher." „Den Gauner zeigen sie mir mal, der anruft und fragt, wenn er mehrere Menschleben auf dem Gewissen hat." „Kann ich nicht. Kenne keinen." „Ich auch nicht. Wo ist überhaupt Kommissar Keller?" „Im Büro für Ermittlungen." „Ach so. Habe von der Entführung erfahren. Wie geht's Roy eigentlich?"

Ein Beamter greift zum Telefon, wählt die Nummer vom Büro für Ermittlungen und reicht dem Staatsanwalt den Höhrer. „Einfach anrufen und fragen." Rösner nimmt den Höhrer.

Es dauert ein bißchen, bis sich jemand meldet „Büro für Ermittlungen ..." „Hier ist Rösner. Wollte nur mal fragen, wie es dem Chef der Ermittler geht?" Dann hört er „Chef, wie geht es ihnen? Der Herr Staatsanwalt möchte es wissen." sagt Karin. „Wenn er hier mit in der Runde wär, würde es mir noch besser gehen." „Ja, das habe ich gehört, Karin. Aber einer muß ja die Arbeit machen, wenn der Kommissar schon feiern geht." „Sie können ruhig herkommen. Es ist noch genug da." „Ja, feiert man schön. Habt ihr euch auch verdient. Ach ja, Boris hat eben die versuchte Entführung gestanden." „Ich werde es ausrichten." Dann ist das Gespräch beendet.

„So, Leute, und ihr macht für heute Feierabend. Die anderen können morgen vernommen werden."

„Das wären dann Herr Akino und sein Rechtsanwalt Dr. Bodo Bach. Die beiden, die im Beisein von Akino festgenommen wurden sind ja wohl Mitläufer." „Sehe ich auch so. Aber, vernehmen müssen wir die auch."

Am nächsten Tag sind alle wieder in ihren Büros. Kommissar Keller ist bereits sehr früh in seinem Büro. Die Tür geht auf und ein Kollege betritt den Raum. „Moin, Kollege Keller. Wie war es bei den Ermittlern?" „Gut. Roy geht es sehr gut. Hat keinen Schaden von der Entführung erlitten." „Das ist gut. Und das Schreiben des Mafiosos? Wo hat er das? Gestern haben wir ja nur ein Fax erhalten." „Das Schreiben befindet sich noch dort, wo Herr Wagner es hingelegt hat. Roy hat lediglich selbst eine Kopie." „Dann können wir ja zu den Stadtwerken fahren und es holen."

Der Kriminalbeamte steht mit dem Rücken zur Tür. So hat er nicht mitbekommen, daß Staatsanwalt Rösner hereingekommen ist. „Nein, das werden sie nicht tun. Das Schreiben bleibt dort, wo es ist." Der Beamte dreht sich um und schaut Rösner an. „Und warum das? Wenn ich fragen darf?" „Ganz einfache Erklärung. Es wissen nur wenige, wo das Schreiben ist. Wir drei, die drei Ermittler und Herr Wagner."

Der Kriminalbeamte schaut den Staatsanwalt erstaunt an. „Ja. Und? Was wird das jetzt? Ich meine, sie benötigen doch das Schreiben für die Gerichtsverhandlung." „Das ist richtig. Doch es ist in diesem Fall noch keine angesetzt. Und bis dahin werde ich das Original in der Akte haben. Verlassen sie sich darauf."

„Und wenn nun einer das Schreiben dort wegnimmt?" „Dann wissen wir auch, wer es getan hat. Akino, Dr. Bach und die anderen Handlanger sind ja hier."

Der Beamte schluckt heftig und schüttelt dann den Kopf. „Was wollen sie denn damit sagen?" „Das, was ich gesagt habe." beantwortet Rösner die Frage. Der Beamte schüttelt den Kopf. „Ich bin doch kein Dieb. Bin doch Polizist."

Nach ein paar Minuten sagt er „Ich hol denn mal einen aus der Zelle zum Verhör." Dann verläßt er den Raum. „Dem hast aber einen Schrecken verpaßt." sagt Kommissar Keller. „Tat mal nötig, dem Wichtigtuer." Keller grinst nur.

„So, und gestern wurde denn schon der Versuch der Entführung von Karin zugegeben." „Ja. Wobei es nicht unbedingt Karin sein mußte. Die Person war egal."

Dann überlegt und fragt Rösner „Was hätte Roy in dem Fall gemacht?" „Rinderfang beim Rodeo. Wie gestern." Rösner schaut den Kommisar an „Wie jetzt?" „Ja, als wir ankamen, lagen die drei schon versandfertig am Boden." Rösner schaut noch irritierter. „Ja, Hände gebunden und mit einem Bein verbunden. Kannst du da noch laufen?" Rösner muß jetzt laut lachen „Ja, unser Cowboy. Mit Karate die Leute niederlegen und fesseln." „Leg dich nicht mit Roy an." „Kann mir besseres vorstellen."

Der Staatsanwalt verläßt das Büro. In der Tür kommt ihm der erste zum Verhör entgegen. Es ist Akino. Dieser schaut den Staatsanwalt an, als könnte er mit Blicken töten. „Ach guten Morgen Akino. Fangen wir doch heute mal mit ihnen an." begrüßt Kommissar Keller den Ankömmling.

Akino setzt sich auf den Stuhl neben dem Schreibtisch. „Was soll ich hier? Ich bin unschuldig." „Das sagen alle, die auf dem Stuhl sitzen." antwortet Keller. Er ordnet noch die Akte auf seinem Schreibtisch. Sucht ein freies Blatt Papier und sagt dann „Was haben sie mit der Erpressung von Herrn Wagner bezweckt?" „Wer sagt denn, das ich den Mann erpreßt habe?" „Das es gleich mal klar ist: die Fragen stelle ich. Und das sie ihn erpreßt haben, ist aus diesem Schreiben hier zu sehen. Es trägt ihre Unterschrift." „Das ist nicht meine Unterschrift." „Oh doch. Das ist ihre Unterschrift. Das beweisen schon die Schriftstücke, die sie an die Stadt geschickt haben." „Habe der Stadt nicht geschrieben."

Kommissar Keller legt dem Mafioso jetzt die Schreiben vor, die die Stadt erhalten hat. Und dann das Schreiben, das Herr Wagner erhalten hat. „Das ist eindeutig ein und die gleiche Unterschrift. Das ist aus den Schriftzügen zu erkennen."

Akino sieht auf die Schreiben. „Jetzt sagen sie nicht, sie kennen die Schreiben nicht." „Ist aber so. Ich kenne sie nicht. Habe sie nie gesehen."

Keller dreht mit den Augen. Flucht in sich hinein. >Das habe ich befürchtet. Blockt alles ab.< denkt er.

Da öffnet sich die Tür. Herein kommt ein Mann mit Rollstuhl. Akino schaut zur Tür und sieht den Mann, dem er es zu verdanken hat, daß er hier sitzt. „Moin allerseits. Gut geschlafen, Akino?" „Überhaupt nicht. Die Pritsche ist viel zu hart. Und kalt war es auch." „Naja, sind hier ja auch nicht im Grand Hotel."

Roy fährt an den Schreibtisch. „Schon etwas erfahren, Kommissario?" „Stumm wie ein Fisch." „Ach, der Herr möchte die harte Tour. Ich komme gleich wieder. Muß nur schnell was holen." „Was denn, Roy?" „Einen Sack Zement und einen Eimer." Dann ist der Rollstuhlfahrer aus dem Zimmer.

„Was der wohl mit Zement und Eimer will." fragt sich Keller laut. Dann wendet er sich dem Mann neben dem Schreibtisch zu. „Wissen sie das zufällig?" „Nein, das weiß ich nicht." antwortet Akino.

Die Tür öffnet sich und Roy und ein Maurer kommen mit Zement und Eimer herein. „Was soll das werden, Roy? Kommst mit Eimer und Zement. Hier ist doch keine Baustelle." „Da hast du Recht. Aber überleg doch mal. Akino ist Mafioso. Wie bringen die Leute zum reden?" „Doch nicht mit Zement und Eimer."

„Hast du schon mal gehört, daß einer, der bei den Mafia-Leuten war, wieder gesehen wurde?" Keller schüttelt den Kopf. „Weiß aber auch nicht, wo die Leute geblieben sind." „Das werden wir gleich erfahren. Wetten?"

Roy und der Maurer schütten etwas Zement in den Eimer, der etwas Wasser enthält. Dann wird umgerührt. „Ich hebe mal seine Beine an." sagt der Maurer. „Neeiiin. Niicht die Füße da rein." schreit Akino auf. „Warum denn nicht? Sind doch bekannte Schuhe. Oder?"

„Ja, ich gebe es zu. Ich habe Herrn Wagner erpreßt. D Das iist mmeine Uunterschrift da. Bitte nicht die Füße da rein."

Kommissar Keller ist mit einmal sprachlos. „Was das denn? Der Mann gibt alles zu. Mit einem Mal." „Och ist das schade. Jetzt hat er gesungen, wie ein kleines Vögelchen."

Keller gibt einem Beamten ein Zeichen Akino mit zu nehmen. „Bring ihn mal zum Protokoll." Akino ist ganz weiß im Gesicht. Immer wieder schaut er zu dem Eimer mit dem Zement.

Nach dem er abgeführt wurde, fragt Keller „Sag mal, wolltest du wirklich seine Füße da rein stecken?" „Wenn er nichst gesagt hätte, wären die Füße da drin. Das ist deren Methode."

Keller schüttelt den Kopf „Mensch, wir sind hier doch nicht auf Sizilien. Wo hast du das schon wieder her?" Roy schnuppert ein wenig. „Kannst du mal das Fenster öffnen? Ich glaube der hat in die Hose gemacht. „Hätte ich auch an seiner Stelle." sagt Keller und öffnet das Fenster. >Füße im Zement.< denkt er.

„Kommissario, komm mal her." Keller geht zu dem Rollstuhlfahrer, der den Eimer vor sich hat. „Soll ich jetzt in den Eimer treten?" „Nein, nicht treten. Nur reinschauen." Keller schaut in den Eimer. „Na, sieht so Zement aus? Mensch, das ist ganz einfach Matsch. Schmöttke kannst auch sagen. Wasser und Sand vermischt. Machen die Kinder doch schon im Sandkasten."

Jetzt muß er lauthals lachen. „Mensch, Roy, da hast du mich aber ganz schön reingelegt. Und ..." Er schnuppert in den Raum. „Was ist das für ein Geruch?" Roy schnuppert kurz „Da hat jemand in die Hosen geschissen." Alle lachen wieder.

Dann schaut Keller den Maurer genau an „Sie sind kein echter Maurer. Oder?" „Hat aber lange gedauert, bis sie das rausbekommen haben." „Ne, Kellerlein, das ist mein Lukas. Bist ein guter Schauspieler, Lukas."

Wieder müssen alle lachen. Die Tür wird geöffnet. „Was gibt es denn hier zu lachen?" kommt der Staatsanwalt herein. „Das hättest du mal sehen sollen. Der Mafioso am betteln und wimmern. Roy kommt mit dem Eimer und Zement rein, rührt im Eimer ein bißchen rum und will dann den Mafioso seine Füße reinstecken."

„Seit wann haben wir Mafia-Methoden bei Verhören?" „Das war zu köstlich. Was ist wirklich drin im Eimer? Ganz einfach Matsch. Sand und Wasser." Jetzt muß auch Rösner lachen.

„Auf die Idee ist Roy doch gekommen." „War aber wirkungsvoll." „Was ist hier eigentlich in der Luft?" „Der Geruch? A-kino hat in die Hosen gemacht. Vor lauter Angst."

„Na, dann hat er das ja zugegeben." „Ja." „Und das Protokoll?" „Machen die Kollegen mit ihm." Rösner will wieder gehen. Doch dann dreht er sich um und fragt „Und der Hintergrund? Ich meine, weshalb wurde Herr Wagner erpreßt?" „Das müssen wir noch erfahren."

Staatsanwalt Rösner verläßt den Raum. Auf den Fluren wird ein gellendes Lachen hörbar. In den Büros schauen sich die Personen gegenseitig fragend an. >So etwas fällt auch nur einem freien Ermittler ein.< denkt Rösner und muß wieder lauthals lachen.

Ein Kollege kommt ihm entgegen und fragt besorgt „Ist ihnen nicht gut, Herr Rösner?" „Doch, doch, ausgezeichnet so gar. Der Einfall unseres freien Mitarbeiters war wirklich genial. Wenn sie Ideen benötigen um ein Verhör schnell durchführen zu können, wenden sie sich ruhig an das Büro für Ermittlungen. Schlägt einen Mafioso mit den eigenen Waffen."

„Ach deshalb müssen sie so lachen." Jetzt sind es zwei die lachen.

Im Büro, wo das Protokoll mit Akino gemacht wird, schauen sich die Beamten an. „Da hat wohl jemand einen sehr guten Witz gemacht. So wie die lachen." „Schade, das wir den nicht gehört haben."

Dann ist das Protokoll fertig. „So, Herr Akino, jetzt noch hier unterschreiben. Dann dürfen sie wieder auf ihr Zimmer." Akino nimmt das Protokoll und setzt seinen Namen drunter. Dann wird er abgeführt.

„So, das hätten wir. Und was kommt jetzt?" Da klingelt das Telefon. „Ein Anruf kommt." Der Beamte, der gefragt hatte, verzieht eine Grimasse. „Ja, hier das Protokollbüro." „Wie weit seid ihr mit Akino?" „Fertig, Herr Keller. Das Protokoll ist unterschrieben." „Das ist gut. Denn jetzt müssen wir herausfinden, was der Hintergrund der Erpressung ist." „Ich dachte, wir hätten den Fall jetzt abgeschlossen." „Der ist erst abgeschlossen, wenn wir wissen, was der Hintergrund der Erpressung ist."

Der Beamte legt den Hörer wieder auf. „Und? Was wurde gesagt?" „Der Fall ist noch nicht erledigt. Jetzt müssen wir den

Hintergrund der Erpressung ermitteln." „Na dann. Auf geht's ermitteln wir." „Ist das nicht die Aufgabe des Büros für Ermittlungen?" „Das ist unsere Aufgabe. Das Ermittlungsbüro unterstützt uns. Also, komm in Wallung."

Die Polizeibeamten verlassen das Büro.

Im Büro des Kommissar Keller wird in der Zeit nachgedacht, was der Grund der Erpressung des Herrn Wagners sein kann. „Wie sollen wir das jetzt herausfinden? Wo anfangen mit der Suche?" „Erstmal die grauen Gehirnzellen arbeiten lassen. Wer oder was könnte als erstes in Blick der Mafia gewesen sein? Wagner war nur 'Überdruckventil'." „Aha. Wir sind mal wieder bei Profiler Roy. Versucht sich in die Lage der Mafia zu setzen."

„Willst du el Bandito fassen, mußt du seine Gedanken denken. Oder du suchst dich tot." „Leben ist mir lieber." „Mir auch." „Wir haben zwei Ansatzpunkte." „Gleich zwei. Naja. Und wo willst du anfangen?" „Wir teilen uns auf. Du und deine Leute sucht bei der Stadt. Und ich suche beim Kreis." „Und was suchen wir diesmal?" „Ein Schreiben mit der Unterschrift Akinos." „Das ist doch bei den ..." „Es muß noch eins geben. Eine Behörde muß ein Schreiben von der Mafia erhalten haben. Mit Forderungen. Da die nicht erfüllt wurden, wurde Wagner unter Dampf gesetzt."

Keller springt von seinem Stuhl auf und sagt nur „Bin schon unterwegs zur Stadtverwaltung." „Und ich zum Kreis. Lukas sag Karin Bescheid." „Ay, Chef."

Roy und Lukas begeben sich zu ihrem Auto. Auf dem Weg zum

Auto ruft Lukas seine Kollegin Karin an. Kommissar Keller ruft seine Leute zusammen. Dann brausen Fahrzeuge vom Gelände des Polizeipräsidiums.

Während ein Fahrzeug Konvoi Richtung Stadtverwaltung fährt, ist ein weiteres Auto auf dem Weg zur Kreisverwaltung. „Chef, warum sind wir zur Kreisverwaltung und Kommissar Keller zur Stadtverwaltung?" „Bei der Kreisverwaltung sind mir noch einige Mitarbeiter bekannt. Da hätte ich bessere Chancen."

Nach wenigen Minuten sind sie am Ziel. Lukas schaut nach einem entsprechenden Parkplatz. „Spielst du Sehrohr oder weshalb der lange Hals?" „Ich such einen geeigneten Parkplatz." „Ach so, das ist lieb. Aber ich kann auch hier stehen." „Sind ja keine ausgeschildert." „Augen auf im Straßenverkehr. Schau dir mal das Schild an." Lukas schaut auf das Schild, das sein Chef ihm gezeigt hat. Dann nickt er. Es handelt sich um einen Behindertenschild.

Durch die selbstöffnende Tür kommen die beiden ins Gebäude. „Wo müssen wir denn hin?" „Am besten zum obersten Boß." „Wäre also der Landrat." „Im Grunde ja, aber wir gehen zum büroleitenden Beamten. Der dürfte mehr über die eingehende Post sagen können. Der Landrat könnte nicht im Hause sein." „Aha." kommt es von seinem Mitarbeiter.

Nach wenigen Minuten wissen die beiden, wo der entsprechende Ansprechpartner zu finden ist. „Aha, 2. Stock, Zimmer 30. Na, dann wollen wir mal hin." „Hier ist der Fahrstuhl, Chef." „Ja, dann mal in den 2. Stock, du kleiner Liftboy." Lukas muß bei den Worten seines Chefs grinsen. Dann sind sie im 2. Stock angekommen. „2. Stock. Endstation der Reise." Beide begeben sich auf den Weg zum Zimmer 30.

Lukas klopft an. Nach kurzer Zeit ist ein „Herein." hörbar.
Lukas öffnet die Tür und läßt seinen Chef vor. „Moin Herr
Sellmer. So sieht man sich wieder. Wie geht's?" Lukas ist
verblüfft über seinen Chef. Der Angesprochene schaut auf
„Moin, Roy, du lebst noch? Mir geht es gut. Sieast du ja. Was
treibt euch hierher?" „Freut mich, daß es dir gut geht. Das hier
neben mir ist mein Mitarbeiter Lukas. Ja, weshalb sind wir
hier? Trinkst du Leitungswasser zur Zeit?" „Bist du verrückt?
Bring mich doch nicht selbst um. Nein, wir trinken Soda-
wasser aus der Flasche." „Gut so. Wegen der Sache mit dem
Leitungswasser sind wir nämlich hier. Verdächtige sind gefaßt.
Nur die Hintergründe fehlen noch. Hat die Kreisverwaltung in
den letzten Monaten irgendeinen Erpressungsbrief erhalten.
Unterschrift Akino?"

Herr Sellmer lehnt sich in seinem Stuhl zurück. Er überlegt
eine Weile. „Nein, so ein Schreiben ist bei uns hier nicht eingegangen. Meinst du, daß eine Behörde erpreßt wurde?"
„Jedenfalls eine ordentliche Forderung erhalten seitens der Mafia. Und da sie nicht erfüllt wurde, bekam der Geschäftsführer
die Anordnug das gesamte Leitungswasser zu verunreinigen."
„Daher weht der Wind. Aber nein, der Kreis wurde nicht erpreßt." „Na, das ist doch schon mal ein Erfolg. Vielleicht hat
der zweite Suchtrupp dann mehr Erfolg." „Zweiter Suchtrupp?
Wieviel Mitarbeiter hast du denn?" „Zwei. Das reicht voll-
kommen. Der zweite Suchtrup ist Kommissar Keller mit seinen
Leuten. Tschüß und grüß zu Hause." „Mach ich."

Als die beiden wieder auf dem Flur sind fragt Lukas „Woher
kennen sie die Leute hier?" „Hab hier mal gearbeitet. Zahlt

sich immer aus, wenn man noch bekannt ist." „Was Karin wohl macht?" „Steht beim Auto und wartet. Hält nebenbei Verbindung zum Suchtrupp 2." Sie erreichen ihr Fahrzeug. „Siehste, was habe ich gesagt? Da steht das gute Madel." „Na, ihr beiden. Was raus bekommen?"

Lukas ist vor seinem Chef am Auto. „Hier ist nichts verwertbares eingegangen." „Klingt ja richtig enttäuschend von dir." „So, dann wollen wir mal einsteigen. Und dann werden wir mal den anderen Suchtrupp fragen."

*

Kommissar Keller erreicht mit seinem Team das Rathaus. Mit schnellen Schritten betreten sie das Gebäude. An der Zentrale fragt Keller „Wie erreichen wir den Bürgermeister?" „Am besten zu Fuß. Aber den Weg können sie sich sparen. Er ist nicht im Hause. Kommt morgen wieder." „Und den büroleitenden Beamten? Wir sind von der Polizei." Keller zeigt seinen Ausweis. „Ja, der ist die Treppe rauf und Zimmer 69."

DieMänner stürmen die Treppe rauf, den Flur entlang und erreichen Zimmer 69. Auf dem Schild steht 'D. Holst'. Keller klopft an und betritt dann sofort das Büro. „Hey, hey, was fällt ihnen ein? Das ist hier ein Büro." „Sind sie Herr Holst?" fragt er kurz.

Herr Holst schaut die Männer vor ihm an, schluckt einmal und antwortet „Ja. Was kann ich für sie tun?" „Wir sind auf der Suche nach einem Schreiben, mit dem eine Behörde offenbar erpreßt wurde."

Herr Holst überlegt. Dann sagt er „Doch, doch, so ein Schreiben ist vor Monaten hier eingegangen. Ich habe ihm keine große Bedeutung beigemessen. Heute bereue ich das."

„Das kann ich verstehen. Wissen sie und haben sie eine Ahnung, wo das Schreiben geblieben ist?" Herr Holst überlegt, dann sagt er „Ich muß mal meine Sekretärin fragen. Greift zum Telefon und ruft seine Sekretärin an. „Wissen sie noch, wo das Schreiben abgeblieben ist, mit dem die Stadt erpreßt werden sollte? Die Herren, hier bei mir, sind von der Polizei und benötigen es."

Die Sekretärin legt den Hörer auf und geht zu dem Aktenschrank. Nach kurzem Suchen hat sie den Ordner mit dem Schreiben und geht zu ihrem Vorgesetem. „Hier ist der Ordner mit dem Schreiben." „Danke, dann wollen wir mal schauen." sagt Herr Holst und durchsucht den Ordner. Wenig später hat er das Schreiben. „Da ist das Schreiben. Soll ich eine Kopie machen lassen?" „Nicht nötig. Wir brauchen das Original." „Aber wir dürfen doch keine Originale weggeben." „Normal nicht. Das ist richtig. Aber in diesem Fall schon. Sie können ja eine Kopie für ihren Ordner machen."

Herr Holst ruft seine Sekretärin rein. „Ja?" „Machen sie von diesem Schreiben bitte eine Kopie. Beides dann wieder reinbringen. Verstanden?" Die Frau nickt und verschwindet mit dem Schreiben. Nach kurzer Zeit erscheint sie wieder und legt Herrn Holst beides auf den Tisch. „Danke." sagt er. „Das Original ist ..." „Rechts."

Der Kommissar ergreift sofort das Originalschreiben und läßt es in eine Folie verschwinden. „Das war es schon Herr Holst.

Danke." Dann verlassen die Beamten das Büro. Nicken der Sekretärin zu und verlassen das Gebäude.

„So, das Schreiben haben wir. Jetzt muß die KTU es noch überprüfen." „Hier?" Für die Frage bekommt der fragende Beamte einen schiefen Blick.

Da klingelt Keller sein Handy. Er nimmt es zur Hand und schaut, wer anruft. „Oh, der Herr Ermittler. Na, Roy, habt ihr was erreicht?" „Nein. Leider nicht. Beim Kreis ist kein entsprechendes Schreiben eingegangen." „Dafür haben wir eins bei der Stadtverwaltung gefunden. Sind jetzt auf dem Rückmarsch. Die KTU muß es noch überprüfen."

Roy schaut zu seinen Mitarbeitern „Der Kommissario ist fündig geworden." Dann sagt er ins Handy „Glückwunsch zum Erfolg. Dann ist ja jetzt alles vorrätig für eine Verurteilung." „Das schon. Aber wie bekommt man das Wasser wieder brauchbar?" „Das ist doch nicht unsere Aufgabe. Das müssen die vom Wasserwerk wieder hinbekommen."

Dann ist das Gespräch beendet. Der Polizeikonvoi entfernt sich vom Rathaus in Richtung Revier. Während die Ermittler ebenfalls auf dem Rückmarsch zum Büro sind.

„Dann ist der Fall ja jetzt erledigt." kommt es von Lukas. „Ist ja alles vorhanden. Täter, Tat, Motiv. Alles vorhanden." „Du hast die Opfer vergessen, Lukas." „Ja, die sind ja auch vorhanden. Sowohl tote als auch noch lebende. Traurig für die."

Karin reicht ihrem Mitarbeiter ein Tempotaschentuch. „Was soll ich denn damit, Karin?" „Falls dir gleich die Tränchen kommen, wegen der Opfer." Roy sitzt am Steuer und lächelt nur. „Ihr beide versteht euch schon recht gut. Das ist sehr erfreulich." „Für wen?" fragt Lukas. „Für das Betriebsklima. Und auch für mich. Das muß ich zugeben."

„Na, da haben wir noch ein Geständnis." sagt Lukas. „Das ist aber keins für eine Verurteilung." „Chef, muß es denn immer ein Geständnis geben für eine Gerichtsverhandlung?" „Nein, Lukas, das ist nicht immer nötig. Geständnisse können auch im partnerschaftlichen gemacht werden."

Zeitfracht Medien GmbH
Ferdinand-Jühlke-Straße 7
99095 Erfurt, Deutschland
produktsicherheit@kolibri360.de